LA CONFRÉRIE DES SAGES DU NORD

Du même auteur :

L'Astrologie relativiste (en collaboration avec F. Brunier et M. Locquin), Editions de Paris, 1970.

Le Message des batisseurs de cathédrales (en collaboration avec F. Brunier), Plon, 1974. Traduction espagnole : *El mensaje de los constructores de catedrales*, Plaza & Janes, 1976.

Livre sacré d'Hermès Trismégiste, Introduction et Postface, Editions des Trois Mondes, 1974.

La Franc-Maçonnerie. Histoire et initiation, Robert Laffont, 1974.

Saint-Bertrand-de-Comminges, collection « Du temps où les pierres parlaient », vol. 1 (en collaboration avec F. Brunier), Editions des Trois Mondes, 1975.

Saint-Just-de-Valcabrère, collection « Du temps où les pierres parlaient », vol. 2, Editions des Trois Mondes, 1975.

De sable et d'or. Symbolique héraldique, l'honneur du nom (en collaboration avec P. Delaperriere), collection « Chemins des symboles », vol. 2, Editions des Trois Mondes, 1976.

Akhenaton et Nefertiti, le couple solaire, Robert Laffont, 1976.

Le Livre des deux chemins. Symbolique du Puy-en-Velay, collection « Du temps où les pierres parlaient », vol. 3, Editions des Trois Mondes, 1976.

Le Message des constructeurs de cathédrales, Editions du Rocher, 1980.

CHRISTIAN JACQ

LA CONFRÉRIE DES SAGES DU NORD

Collection « GNOSE »
ÉDITIONS DU ROCHER
28, rue Comte-Félix-Gastaldi — Monaco

Le violet favorise la méditation et la concentration. Symbole de l'équilibre, cette couleur essentielle en Alchimie, est particulièrement adaptée à la lecture d'ouvrages de fond. Aussi la collection « Gnose », à la recherche de la vérité, se devait-elle d'être imprimée en violet.

© Editions du Rocher, 1980
ISBN 2-268-00068-0

« La puissance doit se montrer,
Même si les puissants sont morts. »

(*Le Kalevala,* chant XVII,
vers 525-526)

SOMMAIRE

AVANT-PROPOS : La petite porte du Nord 11
   I. Souvenirs d'un paradis perdu 19
  II. La mère du Soleil et la découverte de la Terre sacrée 29
 III. Le dieu du Soleil au Nord, les cygnes et les griffons 35
 IV. Le sacrifice de l'âne et le combat des dieux 47
  V. Les vierges venues du Nord et la lumière de l'ambre 53
 VI. Le centre du monde, la chèvre et le temple de plumes 59
VII. Hercule, la biche et l'olivier 67
VIII. Les initiés du Soleil caché et la flèche magique 77
 IX. Les initiés du Soleil caché. Rites et témoignages 87
  X. Les initiés du Soleil caché et la révélation pythagoricienne 99

XI. L'arbre du monde et le mystère des runes 111

XII. Les voyages des Celtes et l'île aux pommes 125

XIII. La confrérie initiatique des loups 151

XIV. Le magicien et le forgeron 183

XV. La communauté des initiés au Soleil du Nord 207

EN GUISE DE CONCLUSION : Une autre lumière. La confrérie des Sages du Nord aujourd'hui 219

BIBLIOGRAPHIE SOMMAIRE 223

AVANT-PROPOS

La petite porte du Nord

Autrefois, en des temps si anciens que l'humanité en a presque perdu le souvenir, des êtres exceptionnels habitèrent une région merveilleuse où s'offraient toutes les richesses de la vie. Exceptionnels, parce qu'ils avaient victorieusement affronté nombre d'épreuves difficiles avant d'atteindre cet Eden, parce qu'ils avaient su trouver le chemin conduisant à ce pays paradisiaque où un soleil doux et bienfaisant ne se couchait jamais.

Or, cette confrérie n'est pas une institution complètement disparue. Il existe encore de nos jours un collège initiatique qui prolonge l'ancienne sagesse et la rend actuelle à travers divers étages de nos sociétés.

Nous avons eu la chance d'entrer en contact avec la confrérie et notre travail consistera à traduire, aussi précisément que possible, les confidences qui nous ont été faites.

Il est nécessaire, dans cette perspective, d'établir un historique de cette extraordinaire communauté et, surtout, de déceler sa présence à travers les civilisations, les mythologies, les initiations. Nous verrons, à la fin de notre enquête, combien cette recherche était indispensable pour percevoir l'un des plus riches enseignements jamais créés. Il nous sera alors plus facile d'entrevoir « le pays merveilleux », « la demeure du milieu » où brille un soleil éternellement rayonnant.

Une telle contrée évoque aussitôt des paysages méridionaux où l'existence de l'homme, baignée par les douceurs d'un climat chaud, s'écoulerait sans heurts et sans difficultés. Mais les traditions sacrées qui nous serviront de guides proposent un curieux paradoxe ; ce paradis des élus se situe au Nord du monde, dans une zone lointaine et difficile d'accès, là où nous avons l'habitude de localiser les plus redoutables froidures.

En méditant sur la petite porte du nord ouverte dans la plupart des cathédrales, on retrouve cette même énigme : pourquoi, si l'on désire pénétrer dans la Jérusalem céleste où brille la Lumière, doit-on passer par cette porte obscure et, de plus, la franchir le dos courbé comme les anciens Compagnons initiés ?

Cette méditation sur la petite porte du nord nous rappelle que c'est l'amitié qui est à l'origine de la recherche que nous entreprenons dans ce livre. Après une journée de travail sur le site admirable de Saint-Bertrand-de-Comminges, cathédrale pyrénéenne qui abrite l'un des plus surprenants ensembles de stalles symboliques, mon maître en symbolique et moi-même échangions quelques réflexions. Nous commencions à étudier les sculptures que nous venions d'inventorier, envisageant quelques-unes de leurs significations.

Après avoir évoqué les Maîtres d'Œuvre de l'époque médiévale qui léguèrent à l'humanité un prodigieux trésor de symboles, nous laissâmes nos pensées se diriger vers l'ancien monde où des civilisations comme l'Egypte et Sumer créèrent des sociétés animées par le sacré, des sociétés où l'homme était en communion avec toutes les expressions de la vie.

C'est alors que mon ami évoqua le vieux mythe des « Sages du Nord », de cette communauté qui vivait au-delà de la souffrance et de la mort, et dont les Anciens faisaient remonter l'origine à l'aube des temps. La mystérieuse confrérie faisait-elle donc partie de la « chaîne » symbolique qui, partant du Proche-Orient ancien et plus précisément de l'Egypte, traversa le monde gréco-romain, prit les multiples visages de l'héllénisme, de la gnose et connut son apogée dans le Moyen Age des cathédrales ?

Tout cela n'était qu'hypothèse et incertitude. Pourtant, les « Sages du Nord » devenaient pour moi un sujet de préoccupation de la plus grande importance, une irritante énigme que je devais essayer de mieux appréhender, sinon d'éclaircir. Les souvenirs, peu à peu, s'accumulaient... Dans la tradition des peuples altaïques, on parlait de la montagne du monde, dressée sur le nombril de la terre ; la pointe de cette montagne touche l'étoile polaire, concrétisant ainsi l'axe du Nord qui traverse les univers. Et Jacob Boehme, parlant du Grand Œuvre alchimique, n'écrivait-il pas : « Je vous révèle un secret. Voici le temps où l'Epoux couronnera l'Epouse. Mais où est la couronne ? Vers le Nord... »

Pour de nombreuses traditions, le séjour des dieux se trouve au nord. C'est là, dans la grande nuit claire des ténèbres, que se dévoilent les secrets de la Création. C'est là que les hommes se libèrent de leurs chaînes et de leurs faiblesses.

Pour la religion biblique, cependant, le mal est au nord. Le nord est le lieu de l'infortune, c'est de lui que provient la destruction. Jérémie nous explique qu'il y a une marmite maléfique qui s'incline à partir du nord. Bref, le nord est considéré par les Hébreux comme un point ténébreux et dangereux. Une telle constatation ne pouvait qu'encourager notre recherche ; le plus souvent, lorsque les Hébreux attaquent un ancien mythe ou essayent de l'occulter, c'est qu'une vérité essentielle mérite d'être ressuscitée. Rien ne prouve, au demeurant, que cette attitude ne soit pas volontaire, au moins dans quelques cas.

Le paradis du Nord peut-il être identifié sur une carte géographique ? Sur ce point, les auteurs anciens se montrent d'une remarquable imprécision. Ils proposent d'immenses périples, allant de l'Egypte à l'Islande, de la Crète au Groenland. Chacun croit identifier le paradis d'une manière définitive, mais aucune théorie ne paraît satisfaisante. De plus, de nombreux symboles jalonnent notre route, qu'il s'agisse du soleil lançant ses flèches, de l'initié s'identifiant au loup ou des devins dotés des pouvoirs les plus extraordinaires.

Quelque temps après le début de l'enquête, j'obtins une première certitude. Le paradis du soleil nordique était bien un thème central ou, plus exactement, un centre spirituel de la tradition initiatique qui nous propose d'ouvrir notre cœur et notre esprit à la Connaissance vécue des lois d'Harmonie.

Ce lieu béni entre tous devait-il être considéré comme une région précise du globe où, à une certaine époque, aurait vécu une communauté d'initiés dont le message aurait été ensuite conservé par d'autres communautés, notamment par les Pythagoriciens ? Pouvait-on, en adoptant un autre point de vue, admettre l'existence d'un mythe destiné à nous faire percevoir des principes ésotériques ? Ou bien s'agissait-il d'une solution mitigée ?

Les hasards de la « fouille » modifiant sans cesse mes conceptions, j'entrevis des horizons très divers. Aujourd'hui encore, en publiant ce livre, je ne choisis pas une position dogmatique. Il m'apparaît que plusieurs clefs ouvrent la porte des mystères du Nord.

Cette multiplicité d'interprétations est peut-être due au fait que le paradis du soleil caché est, pour nous, un paradis apparemment perdu. Voyager vers ce mystérieux pays de Sagesse consiste, bien entendu, à développer le sens du voyage initiatique, le sens de cette Quête exaltante entreprise par les héros et les saints pour mieux ouvrir aux hommes la voie royale.

C'est pourquoi ce livre se présente comme une enquête, comme une sorte de « journal de bord » d'un explorateur en route vers un pays perdu. Parfois, la route paraîtra tortueuse, parfois elle sera claire et dégagée.

Ceux qui connaissaient le secret du soleil au Nord, affirme la Tradition, étaient des êtres heureux dont la fraternité n'était jamais démentie. N'offraient-ils pas ainsi un modèle idéal dont il conviendrait de retrouver les clefs ?

Les héros dont l'âme a victorieusement franchi les épreuves de l'au-delà connaissent un séjour heureux soit dans une montagne, soit dans une île qui, dans de nombreuses cultures, est nommée « la Blanche » ou « l'île blanche du Nord ». L'Inde connaît une « terre de vie » où cohabitent des êtres capables d'orienter correctement le destin du monde.

Lorsque la tradition nordique nous parle de l'existence d'une « grande Irlande » en des temps très reculés, elle n'omet pas de préciser que ce pays était la « terre des hommes blancs ». Indication géographique, peut-être, mais aussi mise en valeur d'une idée très répandue dans l'ancien monde : la terre du Nord est une « terre blanche », un lieu où la signification symbolique de la couleur blanche est déterminante.

La saga islandaise d'Eric évoque une expédition où de hardis navigateurs atteignirent une étrange contrée ; là, ils virent des hommes vêtus d'habits blancs et portant devant eux des perches auxquelles étaient fixés des drapeaux. Ils célébraient un culte ; les navigateurs apprirent qu'ils avaient découvert le « pays des hommes blancs ». On voulut expliquer ces faits en affirmant que la description poétique concernaît des cérémonies chrétiennes où les moines, vêtus de blanc, entonnaient des chants liturgiques. Que le blanc soit souvent attribué aux hommes sages et pacifiques n'est pas douteux ; songeons aux paroles de Snorri voyant arriver des inconnus sur des kayaks : « Il se peut, proclama-t-il, que ceci soit un signe de paix ; prenons notre bouclier blanc et arborons-le pour marcher à leur rencontre. » Le costume blanc des moines chrétiens n'est qu'une traduction d'un très ancien symbolisme.

Il existe, en effet, un dieu très étrange dans la mythologie de l'Europe du Nord. Fils de neuf vierges qui sont sœurs, il est caractérisé par des dents d'or et habite le « Mont-du-Ciel », localisé près de l'arc-en-ciel. Il est chargé de veiller sur le « bon état » des dieux et de garder un pont à l'immense valeur stratégique puisque cet ouvrage d'art, situé au front du ciel, empêche les géants d'accéder au monde divin.

Ce dieu primordial, dont la vue prodigieuse est aussi perçante la nuit que le jour, se nomme l'Ase Blanc. Pour Georges Dumézil, il est très probablement le symbole de l'origine de toutes choses. La couleur blanche évoque ainsi le mystère de la Création, le secret des naissances. Sa clarté ne peut être entrevue qu'au terme d'un cheminement intérieur.

Les Lamas parlent quelquefois d'une ville sainte située dans le Nord. Où se trouve-t-elle ? demande le disciple. Elle est dans l'esprit, répond le maître. La voie du Nord conduit vers les secrets de la sagesse, à condition que le pèlerin soit attentif et persévérant. Alors, il connaîtra la magie fraternelle de la communauté initiatique des premiers temps ; ni le temps ni l'espace n'empêcheront sa voix de se faire entendre. seul mouvement de la conscience, le pays perdu redevient présent.

Puisque cette recherche est née de l'amitié, je souhaite que le récit en soit suffisamment évocateur pour que le lecteur pénètre dans le pays des sages du Nord et rencontre ainsi d'authentiques compagnons en esprit sur le chemin qui nous mène d'un paradis à l'autre.

I

SOUVENIRS D'UN PARADIS PERDU

Lorsqu'on s'apprête à partir vers de lointaines contrées, il est nécessaire d'en connaître l'emplacement et de les situer sur des cartes géographiques. Lorsqu'on parle du paradis des Sages du Nord, cette constatation n'est pas aussi banale qu'elle paraît à première vue ; cette région merveilleuse, où règnent éternellement paix et lumière, serait, d'après de nombreux témoignages anciens, située quelque part au nord de l'Europe.

L'empereur Constance Chlore, mort en 306, croyait à la réalité géographique du paradis nordique. Lors de sa guerre de conquête en Grande-Bretagne, il s'attendait chaque jour à découvrir la terre de lumière où régnait un jour presque sans nuit ; les vieux récits, pour l'empereur, rapportaient des faits exacts et il ne désespérait pas d'émerveiller ses légionnaires en perçant le mystère des Sages du Nord. L'armée de Constance Chlore resta sur sa faim.

Il était pourtant bien précisé que la contrée mystérieuse était défendue par de terribles obstacles, notamment par un tourbillon réputé infranchissable qui engloutissait les navires les plus robustes. On disait aussi que deux fleuves marquaient la frontière du paradis nordique. De beaux arbres poussaient sur les bords du premier fleuve ; qui mangeait leurs fruits versait d'abondantes larmes en sombrant dans une affreuse tristesse. En revanche, les fruits que l'on trouve sur les bords du second redonnent vigueur et jeunesse aux vieillards ; mais ces derniers, après avoir bénéficié d'une nouvelle enfance, disparaissent à jamais.

Tout cela n'est guère attirant. De multiples leçons nous sont pourtant proposées ; le voyageur qui ne recherche que son bénéfice personnel, symbolisé par les fruits, est sévèrement châtié par son propre aveuglement. Ou bien il est frappé par le désespoir de l'égoïste déçu, ou bien il se réfugie dans une fausse enfance qui le condamne à l'inconscience.

Il serait simple de conclure que le pays des sages du Nord n'est qu'un souvenir des lointaines régions d'où vinrent les premières tribus qui habitèrent la Grèce, aux environs de 2000 avant Jésus-Christ ; mais les légendes, ces récits initiatiques qui doivent être lus, nous orientent vers d'autres directions.

Les Anciens avaient des opinions divergentes. Pour Pindare, qui parle avec beaucoup de chaleur des Sages du Nord, le pays de ces derniers est la Libye. D'après Aristéas de Proconnèse, qui est un initié aux mystères du Nord, le pays sacré va de l'île jusqu'à la mer. De nombreux géographes estiment qu'il ne se trouve pas au nord de l'Europe, mais dans le nord-est du continent, en Asie. Les Sages du Nord, affirment Pausanias et Hérodote, vivent au-delà de la région habitée par les Issédons ; or ces Issédons sont soit des nomades qui vivaient à l'est de l'Oural, soit des tribus thibétaines originaires des bassins du Tarim et de Boulounghir.

Plutarque, initié à de nombreuses communautés qui préservaient la symbolique de l'ancien monde, semble identifier les Celtes, les Cimbres et les Cimmériens. Or ces Cimmériens habitaient aux extrémités de la terre, près de l'océan situé devant le paradis nordique. Ce dernier est une île à l'abondante végétation ; pendant la nuit, les Sages aiment à se cacher dans de profondes forêts où ils s'entretiennent des secrets de l'esprit.

Bien qu'Homère se montre discret sur les Sages du Nord, il fait allusion à une terre du soleil levant qui se trouverait en Scythie, sur les rives orientales de la mer Noire. Une autre tradition, rapportée notamment par Hécatée d'Abdère, enseigne que les Sages du Nord ne sont autres que les « Britanniques » et que la Grande-Bretagne est le pays merveilleux où la guerre n'existe pas.

Plusieurs historiens de l'antiquité estiment que le pays des Sages du Nord était le centre d'une civilisation de l'Europe du nord-est, centre délimité par les îles et les presqu'îles du Danemark et de la Norvège. L'historien Camille Julian donne d'étonnantes précisions, se faisant l'écho de vieilles traditions ; pour lui, la race des Sages du Nord vivait sur les rives de la Baltique, entre la Vistule et le Niémen. Là, cette nation subsista pendant plus d'un millénaire, « dans une sorte d'immobilité hiératique. Telle que l'ont décrite les voyageurs européens antérieurs à Hérodote, telle nous la revoyons au temps de l'historien Tacite, au temps du roi Théodoric, et peut-être encore au lendemain de l'an mille, lorsque les Allemands ses voisins s'approchèrent pour la détruire enfin. » Ainsi, la tradition des Sages du Nord aurait-elle subsisté jusqu'au Moyen Age.

Vers le quatrième millénaire, la race des Sages du Nord aurait colonisé des régions de la Russie méridionale et de la Transsylvanie ; Apollon, l'un des dieux des initiés nordiques, serait peut-être issu de Sibérie. Hercule, qui réussit à atteindre la région sacrée, fournit deux précisions géographiques qui permettront sans doute d'obtenir une solution définitive : le pays mystérieux se trouve au-delà des souffles glacés du vent du nord, aux sources du Danube, c'est-à-dire dans les Balkans. Mais, remarque l'hélléniste Guthrie, tout cela est invraisemblable : « Comment Héraclès aurait-il ramené en Grèce, pays des Oliviers, ces mêmes arbres qui, soi-disant, poussaient dans un pays du nord où ils auraient dû être rares et même inexistants ? »

On croit savoir que c'est un hardi navigateur norvégien, Eric le Rouge, qui découvrit le Groenland. Dans les premières années du XIe siècle, il atteignit aussi une terre agréable qui fut nommée « Vinland », « terre du vin » et que certains érudits identifient avec l'Amérique du Nord. L'été venu, narre la Saga d'Eric, il partait pour coloniser la terre qu'il avait découverte et qu'il appelait « le pays vert » parce que, selon lui, les gens auraient envie de venir dans une contrée portant un si beau nom. Jusqu'à l'époque des Goths, en effet, le Groenland bénéficia d'une belle végétation et aurait pu servir à l'élaboration d'un mythe.

En exagérant encore cette hypothèse, les Sages du Nord ne seraient-ils pas les Esquimaux du Pôle dont la culture aurait conservé de très anciens secrets ? Les nettes affinités mongoles et indiennes des Esquimaux, leur passé de quatre mille ans au moins montrent que leur race est issue d'un autre continent. Ils parlent eux-mêmes de curieux ancêtres, les Erqrilik, qui bénéficiaient d'une rapidité extraordinaire dans leurs déplacements. S'agit-il d'une qualité symbolique qui fut l'apanage de certains initiés ? Poualouna, esquimau de Thulé, fit cette déclaration : « L'histoire de nos ancêtres nous a appris à connaître de bien grands mystères. Rien ne nous étonne et nous cherchons toujours à comprendre le sens des choses qui nous entourent... Tout est esprit... les forces sont nos amies, nos parents. Encore faut-il que nous soyons en mesure de les déchiffrer pour nous en servir. »

Dans cette perspective, la terre sacrée des Sages du Nord ne serait-elle pas la célèbre Thulé, le pays du bout du monde ? Les Anciens n'imaginaient pas Thulé comme une contrée hostile ; « malgré sa situation septentrionale, écrit Solinus au Ier siècle après J.-C., Thulé est un pays fertile où l'on récolte de grandes quantités de fruits qui mûrissent très tard ». Beaucoup plus tard, au IXe siècle l'Irlandais Dicuil rappelle que l'on se trompe en croyant que Thulé est entourée d'une mer glacée.

On remarqua aussi que les Etrusques étaient plus ou moins liés avec les Sages du Nord. Probablement venus du nord, ils furent parfois confondus avec les étranges Pélasges, eux-mêmes en rapport étroit avec les Sages du Nord. De plus, les auteurs anciens estiment qu'il existait une relation étroite entre Pythagore, réincarnation du dieu des Hyperboréens, et les penseurs étrusques. Enfin, si l'on admet que les Etrusques et les Tyrrhéniens ne forment qu'une seule et même race, on doit rappeler que les Tyrrhéniens, après avoir enlevé le dieu Dyonisos, allèrent le vendre aux Sages du Nord qui recueillirent ainsi de nouveaux secrets.

Refermons ici ce dossier géographique qui nous a emmené dans de nombreuses régions du globe. Avouons-le, nous découvrons un peu partout d'intéressants indices qui ne se transforment pas en preuves décisives. Tout se passe comme si le pays des Sages du Nord se trouvait en plusieurs endroits ; nous serions alors conviés à le reconstituer en nous-mêmes, à rassembler les « membres » épars de la terre sacrée. C'est précisément le sens du voyage que nous entreprenons à travers les mythes et les symboles légués par les Sages du Nord.

Puisque la géographie ne nous a pas apporté de grandes lumières sur les Sages du Nord, tournons-nous vers l'histoire en espérant y retrouver leurs traces. Silène, ce satyre amoureux des plaisirs de la vie mais aussi initiateur de Dyonisos, vécut une curieuse aventure. Parti de Thrace, il arriva en Béotie où, après s'être enivré, il s'endormit dans un jardin de roses. Fort intéressés par leur trouvaille, les jardiniers le ligotèrent avec des guirlandes de fleurs et l'apportèrent à leur roi, Midas.

Beau parleur, Silène fit au roi de surprenantes révélations. Au-delà de l'Océan, il y avait un grand continent où des architectes de génie avaient érigé de magnifiques cités. Leurs habitants vivaient très vieux au sein d'un perpétuel bonheur et leurs lois s'avéraient parfaitement justes. C'est de là que partit un jour une gigantesque expédition comptant au moins dix mille hommes ; leurs bateaux se dirigèrent vers les îles des Sages du Nord, sans doute pour découvrir le paradis des grands initiateurs.

Le récit de Silène devient alors incohérent. Les hommes qui participent à l'expédition apprennent que le pays des Sages du Nord est le plus parfait qui soit au monde ; au lieu d'y pénétrer, ils rentrent chez eux !

Quelque événement historique est sans doute à l'origine de la fable narrée par Silène ; une flotte a peut-être tenté de conquérir la terre sainte et renoncé à son projet à la suite d'un événement qui a sombré dans l'oubli. Ces dix mille hommes de l'expédition ne représentent-ils pas aussi la « quantité profane » qui part à l'assaut d'une civilisation sacrée ? En apprenant la vérité sur la communauté des Sages du Nord, les dix mille hommes (songeons aux « dix mille êtres » de la tradition chinoise) n'ont plus la moindre envie de subir l'ascèse nécessaire pour pénétrer dans le pays des Sages. Ils retournent alors vers leur continent, c'est-à-dire la condition humaine imparfaite et limitée.

Faisant rentrer les Sages du Nord dans l'histoire avec plus de précision, Camille Jullian les dépeint comme les membres de tribus agricoles bénéficiant d'un remarquable équilibre social. Un jour, ils décidèrent de quitter leur pays et de descendre vers le sud ; la grande migration des nordiques allait ainsi inaugurer l'histoire de l'Europe et bouleverser les civilisations existantes.

Pourquoi les Sages du Nord abandonnèrent-ils des contrées au charme réputé ? Répondre qu'ils voulaient conquérir d'autres terres plus riches et plus grandes ne paraît guère satisfaisant. Dire que les Sages du Nord créèrent ce qu'il est convenu de nommer « civilisation du renne » et qu'ils occupèrent l'Amérique du Nord et les régions septentrionales de l'Europe revient à formuler une hypothèse difficile à démontrer.

Les Sages du Nord seraient-ils ces grands navigateurs qui réussirent à soumettre les populations des îles Britanniques, de l'Armorique française, de la Gaule et du Danube ? Sont-ils vraiment identifiables aux soldats nordiques qui affrontèrent les civilisations orientales et leur apportèrent de nouveaux rites et de nouvelles techniques ? Que retenir du récit d'Héraclide du Pont nous parlant d'une armée composée de Sages du Nord qui aurait fondé une ville grecque appelée Rome ?

L'existence historique des Sages du Nord, on le constate, est tout aussi obscure que leur existence géographique. Certes, des anecdotes énigmatiques tendraient à nous faire croire que les Sages du Nord habitèrent probablement un pays nordique et qu'ils jouèrent un certain rôle lors de grandes migrations de populations.

Dès l'époque grecque, l'action des Sages du Nord gêna des penseurs rationalistes qui nièrent leur influence avec beaucoup d'énergie. Hérodote enregistre leurs opinions en écrivant que ni les Scythes, ni aucun autre peuple de ces régions lointaines ne parlent des Sages du Nord. De là à conclure au caractère strictement imaginaire de la race des Sages du Nord, il n'y a qu'un pas allégrement franchi par l'hélléniste Francis Vian : « Ce sont les riverains de la mer Egée qui ont imaginé ce paradis nordique où verdit l'olivier ; mais, avec l'exploration du Pont-Euxin, aux environs du VIIe siècle, les Grecs songèrent à le localiser avec plus de précision du côté des terres septentrionales qu'ils venaient de découvrir. »

De telles explications nous paraissent trop péremptoires ; elles ne correspondent ni à la vérité des mythes, ni à l'idéal des Sages du Nord que l'on identifie avec plus ou moins de netteté dans plusieurs civilisations et à des époques très différentes de l'histoire.

Il s'avère, à notre sens, que l'histoire et la géographie ne sont pas des disciplines suffisantes pour rechercher la terre sacrée des Sages du Nord et rencontrer son message.

C'est le dieu du vent du Nord, Borée, qui fut l'un des messagers les plus illustres des Sages. Quelquefois considéré comme le roi des vents, il était le souffle de Zeus, le pouvoir créateur de la Lumière. Du vent naît la lumière, disent les *Lois de Manou*, du vent surgit un influx céleste qui vivifie tout ce qu'il touche.

Borée était un puissant vieillard dont la barbe et la chevelure étaient pleines de flocons ; fils de l'Aurore et du Titan Austraeus, il alliait fureur et rapidité. Ses fils, les Boréades, se rendirent illustres en participant à la conquête de la Toison d'Or.

On connaît une seule représentation de Borée aux deux visages opposés, ainsi identique au Janus romain. Ce dieu du nord, issu des puissances titanesques, est donc un « axe » à la fois tourné vers le passé et vers l'avenir. Selon la symbolique traditionnelle des vents, le rôle des « souffles » divins qui parcourent sans cesse l'univers est de transporter l'âme vers le séjour des justes ou bien, au contraire, de châtier les âmes alourdies par une existence trop matérialiste.

Renonçant, à ce stade de notre enquête à « localiser » l'Hyperborée dans la géographie et dans l'histoire, nous sommes amenés à nous interroger sur les mystères symboliques des Sages du Nord. Interrogeons-nous d'abord sur la naissance de cette extraordinaire communauté et, par conséquent, sur le rôle de la Mère du Soleil.

II

LA MERE DU SOLEIL
ET LA DECOUVERTE DE LA TERRE SACREE

A l'origine de la communauté des Sages du Nord, il y a les dieux. Qui sont-ils ? Des forces créatrices, des symboles de la vie dans sa plus grande pureté... Nous aurons à nous interroger sur le mystère des dieux. L'un d'entre eux, cependant, est essentiel pour accomplir notre voyage : celui de la Lumière.

Dans la civilisation grecque, Apollon s'affirme comme le Maître spirituel des Sages du Nord. Or Leto, la mère d'Apollon, appartenait à la première génération des dieux et avait vu le jour dans le paradis nordique.

Leto est fille d'un couple de Titans, Coeos et Phoebé, dont les noms signifient « Intelligence » et « Lune ». Le nom même de Leto provient d'un très ancien mot qui signifie probablement « La Dame ».

D'après ces quelques indications, il s'avère que nous ne sommes pas en présence d'une déesse quelconque. Leto est l'incarnation grecque du principe féminin dans son aspect le plus fondamental ; réunissant en elle les vertus de la lune, symbole de la receptivité aux forces de l'univers, et de l'intelligence, capacité de pénétrer au cœur des êtres et des choses, la mère du soleil est un immense foyer de vie. En elle cesse la lutte des éléments, en elle se crée une première harmonie que conserveront les Sages du Nord en ne succombant jamais à la tentation de la guerre.

La mythologie grecque ne se montre pas très prolixe sur le compte de Leto ; elle ne comprend plus très bien l'importance de ces anciennes déesses qui appartiennent au plus ancien fond initiatique de l'humanité. Leto s'affirmait comme une puissance céleste en des temps où les hommes vivaient dans et par le sacré.

Enceinte de Zeus, Leto portait les jumeaux divins Apollon et Artémis. Elle s'apprêtait à éclairer l'univers en lui offrant ce « couple » complémentaire, mais de nombreuses difficultés surgirent devant elle. Héra, l'épouse de Zeus, est folle de jalousie ; elle décide d'empêcher l'accouchement par n'importe quel moyen et trouve une idée qu'elle juge décisive : ordonner à tous les lieux de la terre de refuser l'asile à Leto.

De plus en plus inquiète, la déesse parcourt le monde à la recherche d'un endroit où elle pourrait enfin mettre au monde les jumeaux. Hélas ! les ordres d'Héra sont exécutés par toutes les contrées.

Exténuée, la future mère s'arrête sur une île qui n'est qu'un rocher aride où n'existe pas la moindre végétation. Cet endroit désolé ignore la haine d'Héra et accueille volontiers la déesse Léto. L'île perdue se nommait Ortygie ; pour la remercier de sa bonté, Zeus lui donna le nom de Délos, « La Brillante ». De plus il fixa l'île, jusqu'alors flottante, par quatre piliers reposant sur le fond de la mer.

Leto, qui porte en elle un dieu de lumière, trouve refuge sur une terre de lumière. Le sol aride de l'île est la véritable « Matière Première » des alchimistes, le trésor inestimable que les hommes négligent lorsqu'ils sont trop attachés à l'extérieur des choses.

Avant la venue de la déesse, l'île était condamnée à l'errance, elle flottait au gré des vagues sans pouvoir s'arrêter ; en remplissant le rôle sacré qui lui était destiné, l'île se stabilise et se transforme en un lieu saint : Délos, où les hommes viendront quérir la parole des dieux. Leto, mère des Sages du Nord, a opéré une authentique transmutation.

Selon une autre version de la légende, Héra avait fait le serment que nul endroit sur lequel brillaient les rayons du soleil n'accueillerait la déesse enceinte. L'épouse de Zeus s'opposait ainsi à la naissance d'Apollon, à la révélation d'un nouveau soleil. Zeus intervint ; c'est au dieu Borée, si intimement lié à la confrérie des Sages du Nord, qu'il demanda assistance.

Borée emmena Leto jusqu'à Poséidon ; le dieu des mers érigea une voûte liquide au-dessus de l'île de Délos. Ainsi, Leto pourrait accoucher à l'abri des rayons de l'ancien soleil et faire naître la lumière nouvelle.

La colère d'Héra n'empêche pas le destin de s'accomplir. Ce destin, à vrai dire, dépasse le cadre d'une querelle, fût-elle divine ; Apollon doit naître pour modifier la face du monde et son esprit. Leto génère une clarté que personne n'a jamais entrevue. Mais elle n'est pas au bout de ses souffrances.

« Neuf jours et neuf nuits, Leto fut en travail d'un enfantement qui ne prenait point de fin... » Toutes les déesses sont auprès d'elle, l'assistant de leur affection ; mais la nature refuse obstinément de suivre son cours.

Héra n'a pas renoncé. Certes, Leto a découvert un lieu propice mais Ilithye, la déesse qui préside aux accouchements, n'est pas au courant de la situation. Sans son concours, l'accouchement ne saurait avoir lieu.

L'assemblée des déesses passe à l'action ; elles envoient Iris la messagère avertir Ilithye qui se trouve dans l'Olympe. Iris lui offre un magnifique collier d'or et d'ambre, matière chère aux Sages du Nord ; ce collier est long de neuf coudées, correspondant aux neuf nuits et neuf jours de souffrances de la mère du soleil.

Ravie de ce présent, la maîtresse des accouchements descend de l'Olympe, assiste Leto et la délivrance se produit enfin.

Et l'île infertile se couvrit d'or, le rocher aride se vêtit de beauté ; Délos l'isolée devint un éclatant foyer où les cultes célèbrent le soleil de vérité. Leto a vaincu Héra, la mère des Sages du Nord a triomphé de la déesse olympienne. Un nouveau monde vient de surgir. Il est d'ailleurs précisé que deux initiées aux mystères des Sages du Nord, Argès et Opis, se rendirent à Délos pour favoriser l'accouchement de Leto. Ainsi la communauté nordique était-elle officiellement représentée à ce moment extraordinaire où naissait son nouveau dieu.

Apollon et Artémis, les jumeaux de lumière, voueront à leur mère un amour dont l'intensité ne faiblira jamais. Lui est le maître suprême des initiés nordiques, elle la grande prêtresse des initiées. Leto, en effet, est toujours menacée par quelque grave danger, de même que la Tradition spirituelle l'est constamment par la matérialisation. Le géant Tityos, par exemple, tenta de violer Leto ; il était envoyé par Héra qui ne désarmait pas. Apollon et Artémis percèrent de flèches le corps du géant qui, en tombant sur le sol, occupa une surface de neuf hectares pour rappeler une fois de plus ce nombre sacré.

Afin d'échapper à Héra, Leto s'était transformée en louve lors de sa course errante à travers le monde ; plus tard, accompagnée de ses enfants, elle se rendra en Lycie, le pays des loups. Là, elle s'arrête près d'une source pour y laver Apollon et Artémis. Un berger, pris de colère, tente de lui interdire l'accès de la source ; Leto le transforme en grenouille.

Le loup, nous le verrons, fut l'animal préféré des Sages du Nord qui le choisirent souvent dans l'illustration de leur message symbolique. Leto est donc en « pays de connaissance », à tous les sens du terme, et son acte magique n'est pas une destruction du berger. Par le symbole de la grenouille, elle lui accorde la grâce d'une métamorphose qui lui permettra de reconnaître la divinité, lorsqu'elle se présentera de nouveau à lui.

Leto, la mère des Sages du Nord, est une source constante de création ; elle fait naître la lumière et se prolonge dans ses deux enfants archers, eux qui manient des traits de feu.

Artémis est, elle aussi, une initiée aux mystères du paradis nordique et elle ne renie jamais son origine. Mais la mythologie est pratiquement muette sur ce lien du sang ; on sait que le regard d'Artémis pouvait dessécher les arbres, rendait fous les audacieux qui osaient la combattre ou envoyait contre eux un sanglier meurtrier. Il existait, en Grèce, un serment sur le sanglier et Jean Richer pense que l'animal symbolisait la stabilité, « l'invariable milieu » d'où naît tout mouvement vital.

Artémis l'initiée rétablit un ordre originel là où le chaos s'était installé. Vierge toujours indomptée, elle dispose, comme son frère Apollon, d'un arc d'or ; sous le nom de Diane, elle jouera un rôle marquant lors de l'élection des rois et c'est elle, probablement, qui deviendra la déesse Dé Ana, la mère des dieux.

L'aventure de Leto et de ses enfants nous procure des renseignements précieux sur l'origine des Sages du Nord ; ils se rattachent à une mère longtemps pourchassée, à une déesse qui trouva refuge dans le néant et l'abandon. Par le miracle de la double lumière, masculine et féminine, que la déesse cachait en elle, le stérile devint rayonnant.

Qui est Apollon, que nous entrevoyons comme le modèle des hommes qui désirent participer à la communion des Sages du Nord ?

III

LE DIEU DU SOLEIL AU NORD, LES CYGNES ET LES GRIFFONS

La communauté des Sages du Nord vénérait la mère du soleil. Par elle, nous pénétrons dans leur univers. Par elle, nous sommes amenés à connaître leur principale divinité.

La tradition grecque donna au soleil du nord le nom d'Apollon. Le dieu naquit dans une île infertile, de toutes parts battue des flots sous la bruyante haleine des vents ; lorsqu'il vit le jour, chante Callimaque dans l'hymne à Délos, le flot de la mer, le feuillage de l'Olivier, les remous du fleuve, la terre prirent la teinte de l'or, métal si cher au dieu qu'il incarna en lui sa lumière. C'est de ce lieu ressuscité qu'Apollon partit à la conquête du monde, portant en lui l'âme des Sages du Nord.

L'or d'Apollon est destiné à illuminer l'univers. Il n'est pas une richesse dangereuse et maudite, comme l'or des Atrides qui engendra adultères, vols et meurtres. Ce métal précieux où se réfugie la lumière est présent dans de nombreux cycles légendaires de l'Occident où il frappe les impurs et offre la délivrance aux voyageurs de l'esprit.

Lorsque Apollon danse et joue de la cithare, des éclairs jaillissent de ses pieds ; il est un tourbillon de joie, un cosmos où s'ébattent les formes vivantes.

Apollon détient le secret des mouvements harmoniques ; aussi, comme l'affirme Pindare, est-il le dieu qui fait pénétrer dans le cœur des hommes l'amour de la paix et l'horreur de la guerre civile.

Le dieu de la lumière fut le premier à dicter des lois aux hommes. Garant de la bonne marche de l'univers, il propose à l'humanité des moyens efficaces pour que la vie terrestre soit, elle aussi, une harmonie. Par son intermédiaire, les Sages du Nord tentent de sacraliser la société.

Apollon se plaît à la construction des villes dont il établit lui-même le fondement. Maître d'Œuvre, il procure l'idée initiale, trace l'épure et laisse à ses fidèles le soin de donner une chair au plan. C'est pourquoi, au cours des âges, les Sages du Nord eurent comme règle de ne jamais rien imposer aux civilisations qu'ils inspirèrent.

Seigneur de l'harmonie céleste, le soleil divin des Sages du Nord veille sur l'équilibre des corps. Grand guérisseur, il se charge de purifier l'atmosphère et de détruire le germe des maladies ; notons, d'ailleurs, qu'il est d'abord le médecin des communautés avant de devenir celui des individus. Les Sages du Nord préférèrent toujours le bien de tous à celui du « moi ». Aussi Apollon veillait-il particulièrement à la pureté du corps social.

Ecartant le mal des pâturages et les animaux sauvages des troupeaux, le porte-parole des Sages du Nord est « le laboureur », « le verdoyant », le « dieu du beau champ ». Grâce à lui, la terre peut offrir ses plus beaux fruits, les animaux domestiques vivent à l'abri du danger. Par lui sont évitées toutes les stérilités.

S'il est le patron des héros qui pourchassent les monstres et les empêchent de nuire, c'est bien que le soleil du nord réussit à faire naître une vie nouvelle dans les circonstances les plus difficiles. Il est l'énergie du premier instant, la lumière du premier jour que la communauté des Sages du Nord, par ses rites et ses symboles, est chargée de préserver.

Peu après la naissance d'Apollon, Zeus prit une grave décision. Le nouveau dieu deviendrait le grand législateur du peuple grec ; aussi ordonne-t-il à Apollon de se rendre à Délos sans plus tarder afin d'inaugurer son office.

Apollon n'obéit pas au maître de l'Olympe. C'est un autre voyage qui l'attire, un voyage vers le mystérieux paradis du nord. Sans redouter les conséquences de son acte, il monte sur son char splendide tiré par des cygnes ou, selon une autre tradition, par des griffons, et traverse les cieux en direction du nord.

Le soleil reconnaît son pays d'origine, le pays pour lequel il est fait. Il y demeure une année entière. Toute l'histoire du monde se déroule devant ses yeux pendant cette année de lumière.

Lorsqu'elle est écoulée, Apollon quitte sa terre chérie et ses amis fidèles pour se rendre à Delphes. Il y parvient au milieu de l'été et les habitants de la cité lui rendent un vibrant hommage par leurs chants et leurs danses. Après la sagesse du nord, Apollon goûte le bonheur profane ; après avoir savouré les plus antiques principes de sagesse en compagnie des initiés, il entre de plain-pied dans l'existence quotidienne des hommes.

Apollon, néanmoins, ne s'éloigne jamais longtemps de la communauté initiatique. Il y retourne tous les ans pendant les trois mois d'hiver. Dans les lieux sacrés où il est adoré, de tristes hymnes de fin d'automne saluent son départ avec gravité. Un dieu de lumière disparaît, les rigueurs de l'hiver accableront bientôt les hommes. Pendant qu'Apollon se régénère au milieu de ses Frères, ses fidèles sont laissés à eux-mêmes, confrontés à un vide douloureux que seul comblera le retour du dieu à la belle saison.

Un mythe différent nous apprend qu'Apollon retourne au paradis nordique tous les dix-neuf ans, ce nombre correspondant à une révolution complète des astres. Lorsque l'« univers » a « tourné », lorsqu'un cycle complet s'est écoulé, le dieu présidant à l'harmonie doit recréer une énergie nouvelle pour que la vie continue. C'est précisément parmi les Sages du Nord que se trouve le « réservoir » énergétique, le secret alchimique.

Le rythme des voyages d'Apollon ne saurait correspondre à une banale observation climatique fondée sur l'alternance des bons et des mauvais jours. Marie Delcourt adopte une position originale en supposant que le séjour du soleil chez les Sages du Nord n'est pas accompli par le dieu pour bénéficier de la chaleur absente en Grèce ; au contraire, dit-elle, il apporte soleil et chaleur dans les froides régions du nord !

Les habitants du paradis nordique n'avaient pas besoin d'Apollon pour bénéficier d'un climat exceptionnel, à la fois spirituellement et matériellement. Pour nous, dans le cadre précis de cette enquête, Apollon s'affirme comme une sorte de « grand-prêtre » délégué par les Sages du Nord pour faire rayonner leur sagesse au-dehors ; étant le parfait interprète des mystères du paradis nordique, Apollon ouvre une voie précieuse vers la terre du secret.

D'autres interprètes tentent de tuer le symbole sous le poids de l'histoire. Pour eux, un fait est certain : Apollon apparaît tardivement parmi les Héllènes, l'origine du dieu n'est pas grecque. Ils estiment qu'Apollon vint du nord et que les Grecs, perdant peu à peu le souvenir de cette lointaine migration, la conservèrent sous la forme d'un mythe figé. On parla même d'un grand événement religieux imagé par la fable ;

les Sages du Nord, anciens adorateurs du soleil et du principe fécondant, auraient rencontré des civilisations adorant la terre-mère. De cette complémentarité seraient nés les rites de mariage, l'idée de l'harmonie des contraires et la puissance rayonnante d'Apollon l'unificateur.

Apollon, modèle de l'initié aux mystères du soleil caché, nous transmet d'autres messages. L'une des épithètes du dieu, *loxias*, est particulièrement importante. Elle rappelle d'abord qu'Apollon fut élevé par Loxo, l'une des prêtresses de la communauté féminine qui avait trouvé refuge au paradis nordique. *Loxias* signifie « oblique » et l'épithète est liée au fait que les oracles de Delphes se révélaient obscurs, « obliques » par rapport à la droite raison. L'Apollon « oblique » est celui d'une pensée sinueuse, dynamique, qui ne suit pas les chemins habituels et les sentiers routiniers ; il est le dieu de l'intuition créatrice que lui révélèrent les Sages du Nord. Apollon *loxias* est « l'accoucheur » qui fait naître l'homme initié en transmutant l'homme profane.

Le soleil, dit un hymne homérique, existait avant qu'Apollon vînt au monde. Ce soleil primitif est celui que chanteront les initiés à l'orphisme, « l'Œil unique », le « Guide de la course harmonieuse du monde », « Celui qui est né de lui-même », « Celui qui mène les hommes pieux vers la sagesse », celui à qui l'on adresse cette prière : « Ecoute nos paroles et accorde une vie heureuse aux initiés. »

L'Apollon des Sages du Nord ne s'oppose pas à cette magnifique conception du Principe divin conçu comme un soleil. Il est plutôt l'une des expressions de cette grande idée. Un texte de l'empereur Julien, si sensible aux mystères des Anciens, nous paraît évoquer d'une manière parfaite la conception des Sages du Nord sur ce thème : « Un être suprême, unique, éternel, anime et régit l'organisme universel mais notre intellect seul en conçoit l'existence. Il a engendré de toute éternité un soleil dont le trône rayonne au milieu du ciel. C'est ce second démiurge qui, de sa substance éminemment intelligente, procrée les autres dieux... »

Cet idéal solaire eut d'importants prolongements dans le culte du dieu Mithra qui fut parfois identifié à l'Apollon des Sages du Nord. Or ce culte repose sur des cérémonies initiatiques où l'adepte gravit peu à peu les degrés de la Connaissance. Comme le souhaitaient les Sages du Nord, il s'agissait de créer et de faire vivre une communauté d'initiés vivant de la lumière créatrice. A titre de rappel, on peut indiquer que dans le Kalevala, la grande épopée symbolique de la Finlande, c'est un forgeron qui crée le soleil. Une légende lithuanienne du XIIIe siècle parle également d'un forgeron céleste qui met au monde le soleil et le place dans les cieux.

Dans plusieurs civilisations, l'homme-forgeron est l'initié par excellence, celui qui connaît les secrets les mieux protégés et divinise la matière par la pratique de son métier. Il est une parfaite illustration de la volonté des Sages du Nord qui donnaient à leurs adeptes le moyen de reconnaître un soleil intérieur.

Les objets sacrés pieusement conservés dans les cités de Délos et de Delphes viennent du paradis nordique. Bien qu'aucun renseignement précis ne nous soit parvenu sur leurs créateurs, on peut supposer que ces objets furent fabriqués par des artisans faisant partie de la communauté des Sages du Nord. Le plus célèbre était le trépied de Delphes qui, outre son lien étroit avec l'office de la Pythie, magnifie la symbolique du nombre Trois.

Trois est omniprésent dans les traditions anciennes où l'on nous parle constamment de trois mondes, des trois pas de la création, des événements du troisième jour, des trois états spirituels de l'être et de la société, etc. En créant un trépied, les Sages du Nord insistaient sur le caractère sacré du Trois qui permet aux hommes d'éviter les affrontements et les déchirements.

A Delphes, la fête des guirlandes (ou *Steptérion*) avait sans doute pour fonction de célébrer la première venue d'Apollon en Grèce, le dieu revenant alors du paradis nordique. Plusieurs épisodes symboliques de la fête méritent d'être mentionnés, comme la victoire d'Apollon sur le dragon ou ce rite étrange qui voit des femmes s'approcher en silence de l'édifice où se déroule le combat entre le dieu et le monstre. Portant des torches allumées, ces femmes conduisent un jeune garçon vers l'édifice qu'elles détruisent par le feu, puis prennent la fuite.

Après avoir subi la servitude et l'errance, le garçon retournera à Delphes. « L'enfant qui transporte à Delphes le laurier du Tempé, commente l'initié Plutarque, est accompagné d'un joueur de flûte ; les offrandes sacrées des Hyperboréens étaient, dit-on, jadis apportées à Délos au son des flûtes, des syringes et de la cithare. »

Les aventures d'Apollon, tantôt sous son nom, tantôt sous l'apparence du jeune garçon, sont à l'évidence les transpositions de rituels initiatiques enseignés par les Sages du Nord. L'Apollon qui refuse d'exécuter les ordres de Zeus est l'adepte qui « tue » son initiateur afin d'assumer ses propres responsabilités ; au lieu d'aller à Delphes, il gagne le paradis nordique où il accomplit la retraite nécessaire avant d'affronter le monde extérieur. Puis il tue le « monstre », prouvant qu'il a réellement acquis force et sagesse auprès de ses maîtres.

Apollon et les Sages du Nord se présentent comme deux pôles d'une même expérience, celle de la vie initiatique. C'est pourquoi le dieu de la lumière régnera aussi sur les îles des bienheureux, paradis des adeptes selon l'orphisme et le néo-pythagorisme ; c'est pourquoi les mystères d'Apollon ne sont offerts qu'à un « petit nombre », à ceux qui ont le courage d'aller jusqu'au bout du sentier étroit de l'initiation. Pour Virgile, dont l'affiliation à une communauté initiatique est certaine, c'est précisément l'Apollon nordique qui ouvrira un jour le nouvel âge d'or.

Il ne faudrait pas oublier le châtiment infligé par Zeus à Apollon. Dieu puni par un dieu, disciple bridé par un maître, Apollon est obligé de se retirer en Thessalie pour y garder les troupeaux du roi Admète. Lorsque Zeus estime que l'exil a assez duré, il redonne à Apollon tous les pouvoirs d'un dieu. Mieux encore, il lui confie la plus exaltante des missions, celle d'offrir la lumière aux mondes.

Maître de la vivacité de l'esprit, seigneur du chant céleste des âmes, Apollon vise à l'épanouissement de la véritable intelligence. Il offre à ses adeptes le sens divinatoire, qui leur permet d'échapper aux limites du temps. Les Sages du Nord lui attribuèrent la délicate fonction de répandre leur idéal parmi les autres hommes ; pour eux, l'inspiration divine est aussi nécessaire que l'air ou l'eau. Elle est le signe d'un équilibre intérieur et d'une réelle joie d'exister.

Le don de l'inspiration se traduit, dans la mythologie d'Apollon, par un magnifique symbole, celui du char. Qu'il s'agisse des chars étrusques à caractère funéraire ou des chars thraces ornés de représentations dyonisiaques, nous trouvons toujours une dimension spirituelle marquante, une incitation au voyage de l'âme vers les pays des bienheureux.

Le plus souvent, le char est l'attribut du soleil ou représente le soleil lui-même ; songeons, par exemple, au chariot de bronze trouvé dans l'île danoise de Seeland, à Trundholm. Le char solaire, en traversant l'espace, dévoile aux hommes les routes de l'autre monde ; il leur apprend à dépasser leur horizon borné et à entrevoir les multiples paysages de l'esprit. Rappelons les admirables paroles d'un barde gaulois évoquant le char du roi, soleil de ses sujets : « Des ornières laissées dans le sol par le char royal levait pour les hommes une moisson d'or et de bienfaits. »

Défricheur des voies célestes, le char est également fécondateur. Il existe, à son sujet, une bien curieuse légende ; selon la tradition nordique, une île de l'océan serait recouverte d'un bois sacré. A l'intérieur, il y aurait un char recouvert d'un voile. Seul le grand-prêtre de la communauté qui vit sur cette île peut toucher le char sacro-saint. En certaines circonstances, il est pris d'une inspiration divine qui lui apprend que la déesse est présente ; alors, il fait atteler des génisses au char qui est promené dans tout le pays. Partout où il passe, les combats et les querelles prennent fin, la joie emplit le cœur des hommes, la paix les réunit à nouveau dans la fraternité.

Point n'est besoin d'une longue analyse pour identifier la communauté des Sages du Nord qui, selon ses règles, cherche toujours à propager l'harmonie. Les animaux qui tirent le char du soleil n'étaient pas choisis au hasard ; le griffon et le cygne, en effet, symbolisent des aspects précis de la pensée des Sages du Nord.

Une statuette de bronze, conservée au musée de Dresde, nous montre un griffon au pied de la statue d'Apollon. Dans le temple de Délos, deux griffons flanquaient la statue d'Apollon. Le matin, l'étrange animal va au-devant du soleil et asperge d'un liquide mystérieux les rayons de l'astre, afin qu'ils n'incendient pas la terre. Le griffon est donc un « régulateur » de la force vitale, agissant comme l'alchimiste qui dose soigneusement la lumière céleste. Sans nul doute, les griffons évoquent un « grade » initiatique ; ils sont fréquemment représentés dans les arts traditionnels et, notamment, dans la célèbre basilique pythagoricienne de la Porte Majeure.

On considérait les griffons comme des « possédés » d'Apollon, comme des êtres animés d'un extraordinaire feu intérieur. Aussi étaient-ils chargés d'une mission fort délicate : protéger l'or du dieu et le conserver dans le pays des Sages du Nord. Montant une garde vigilante qui écartait les intrus, les griffons étaient les gardiens du seuil qui orientaient les initiés vers les voies du salut. Celui qui souhaite gagner leur confiance doit faire la preuve de son désir de connaissance, de sa « flamme ».

Pour regagner le paradis nordique, Apollon pouvait également utiliser un char tiré par des cygnes infatigables. Le grand oiseau blanc est fréquemment attelé à des barques, des chars ou des roues en relation avec le soleil ; il fait l'objet d'une grande vénération dans plusieurs civilisations, notamment chez les Sibériens et les Lapons. Il correspond, d'une manière évidente, à la lumière secrète du nord.

En un temps fort lointain, un cygne vécut parmi les humains sous la forme d'une femme. Le jour où il fut lassé de cette compagnie, il reprit sa forme initiale et s'envola en disant : « Chaque printemps, quand les cygnes volent vers le nord, et chaque automne quand ils en reviennent, vous devrez accomplir en mon honneur des cérémonies spéciales. » Les Walkyries, au demeurant, ne sont autres que des vierges au plumage de cygne ; êtres magiques envoyés sur terre par les Sages du Nord, elles se posent sur les lacs, près d'immenses forêts où l'homme ne s'aventure pas. Leur tâche consiste à former des guerriers, à façonner l'âme des braves qui engagent leur vie dans le moindre de leurs actes.

Les cygnes, instruits par Apollon, connaissent le passé comme l'avenir. Ce sont des femmes-cygnes qui avertissent Hagen, l'assassin de Siegfried, qu'il court à la mort en se rendant à la cour d'Attila. Ce sont des femmes-cygnes qui, bien avant les combats, désignent les vainqueurs et les vaincus.

Les cygnes, nous apprend le mythe sont des hommes métamorphosés qui, lors de leur résurrection, apporteront au monde la lumière spirituelle du soleil. Le Moyen Age assurera la pérennité du symbole en créant le chevalier au cygne, l'Hélias français ou le Lohengrin germanique. Comme les griffons, les cygnes incarnent un état de conscience découvert par l'initié.

Avec Apollon, le dieu du soleil au nord, nous avons abordé le message ésotérique de la communauté des Sages du Nord. Nous avons commencé à découvrir les principes fondamentaux qui ont permis à cette confrérie de traverser les siècles, nous avons compris qu'il nous faudrait devenir « griffon » et « cygne » pour connaître le secret du char du soleil et progresser vers le paradis nordique.

Mais Apollon est aussi un dieu redoutable. Pour qu'il consente à accomplir sa fonction de guide et d'initiateur, une condition sévère doit être remplie. Cette condition est le sacrifice de l'âne.

IV

LE SACRIFICE DE L'ANE
ET LE COMBAT DES DIEUX

Le dieu du soleil au nord, le messager rayonnant des Sages exige un sacrifice. Une étrange tradition nous apprend qu'Apollon est particulièrement sensible au sacrifice de l'âne et que ce rituel relie le paradis nordique au pays le plus religieux de la terre, l'Egypte.

De fait, le soleil nordique, Apollon, peut être identifié à l'un des plus grands dieux égyptiens, le faucon solaire Horus. Ce dernier mène un combat éternel contre son frère Seth et, chaque année, il célèbre sa victoire en menant des ânes sauvages vers un précipice.

L'âne, en effet, est l'un des animaux symboliques du dieu Seth. En le conduisant vers le gouffre, l'« Horus-lumière » prouve que la lumière a dominé les ténèbres. Mais cette victoire n'est jamais définitive et, chaque année, l'équilibre du monde est remis en question par la lutte des deux frères.

Seth a commis un crime impardonnable. Avec de sinistres comparses, il a assassiné Osiris, le dieu si favorable à la rédemption des hommes justes. Lâche, paillard, amoureux de tous les désordres, Seth ne respecte aucune valeur harmonique et va jusqu'au crime pour satisfaire ses bas instincts. Mais Horus veille ;

décidé à venger son père, il poursuit Seth de ses foudres. La résurrection d'Osiris n'entame en rien sa détermination.

Horus concerne notre recherche à plusieurs titres. En premier lieu, il est l'ancêtre d'Apollon, le messager des Sages du Nord ; il est donc l'un des plus anciens modèles connus de l'initié aux mystères du paradis nordique. En second lieu, Horus est la synthèse symbolique de trois aspects fondamentaux de la pensée égyptienne.

Le premier Horus est un faucon gigantesque, d'une grandeur de mille coudées, qui crée toute vie et toute puissance. Il recouvre l'univers de ses ailes immenses et perpétue l'harmonie du ciel et de la terre. Le second Horus est pharaon en personne, qui incarne parmi les hommes le rayonnement de l'Horus cosmique. Le troisième Horus, enfin, est l'Horus-soleil, le vengeur de son père, le guerrier qui a pour mission de soumettre le dieu Seth.

C'est pourquoi on connaît des figurations de l'Horus archer dont les flèches sont tantôt des traits de lumière, destinés à éveiller les postulants à l'initiation, tantôt des porteurs de mort, destinés à écarter les êtres indignes. Apollon agira de la même façon.

Noble est la tête d'Horus, aux yeux qui projettent la lumière ; Horus habite les cœurs, l'être intime des corps. J'ai vu les mystères sacrés, dit l'initié du *Livre des morts*, j'ai été conduit aux retraites cachées ; on m'a fait voir la naissance de Dieu, Horus m'avait doté de sa puissance efficace.

L'Egypte nous enseigne qu'Horus est l'initiateur par excellence et qu'il correspond à la parcelle de Lumière que chaque homme porte en lui. Aussi est-il cette force noble dont parleront les chevaliers du Moyen Age, cette force qui nous entraîne à toujours nous dépasser.

Pour reconnaître Horus en nous-mêmes et acquérir

le dynamisme qui mène vers le paradis des Sages du Nord, il faut procéder au sacrifice de l'âne.

Il s'agit là, selon l'Egypte, du « massacre de la brute », le roi perçant l'âne de son épieu. Les dieux haïssent l'âne et affirment que sa mise à mort est un acte bénéfique. En supprimant l'animal maudit, on purifie la terre des maléfices. « Dans le sacrifice que les Egyptiens offrent au soleil, écrit Plutarque, ils transmettent à ceux qui vénèrent ce dieu l'ordre de ne point porter sur eux des objets d'or et de ne pas donner à manger à un âne. » Autrement dit, que l'initié ne nourrisse pas l'« âne » qui est en lui, qu'il ne favorise pas sa tendance au désordre et à la destruction.

Mais les lois du monde du symbole et de l'initiation ne sont pas aussi simplistes ; à l'âne maléfique peut se substituer un autre âne, porteur de valeurs positives. Seth n'est pas seulement le dieu du chaos ; il est aussi le génie de la violence nécessaire pour rompre un ordre établi et sclérosé, un dynamisme extraordinaire qui ressuscite les hommes endormis. C'est pourquoi Seth se trouve à l'avant de la barque du soleil, prêt à combattre les dragons du monde nocturne ; il devient ainsi une force créatrice dont l'initié a le plus grand besoin sur le chemin de la Sagesse. Grâce à Seth, il ne se laisse pas prendre au piège des dogmes et des idées toutes faites.

De l'âne, les Pythagoriciens disaient qu'il était le seul animal dont la naissance n'avait pas été conforme aux lois d'harmonie. Mais les nerfs de l'âne servent de cordes pour la lyre ; le désordre apparent est indispensable à la musique céleste. L'initié qui recherche le paradis nordique ne doit rien rejeter ; en lui, tout est « utile » parce que tout peut être transformé.

C'est pourquoi, en Egypte, l'or est à la fois l'attribut du soleil et celui du dieu Seth. Nous sommes ici aux origines de l'alchimie ; le métal le plus pur naît de la transmutation de l'impur, Seth est le feu dévorant que l'alchimiste transforme en or de lumière.

Aussi l'âne, ainsi transformé par l'action initiatique, est-il l'animal capable de faire toutes les prédictions et de tout connaître grâce à ses longues oreilles. Dans de nombreuses traditions, les dieux et les initiés sont représentés avec de longues oreilles, captant les messages de l'univers.

C'est à l'âne que Bacchus fera confiance pour traverser d'horribles marais, parce que l'animal vole au-dessus de la fange. C'est à l'âne que le Christ fera confiance sur le chemin de son enseignement, et les chrétiens, en vénérant un Christ sculpté sur un âne en bois le dimanche des rameaux, rappelleront que l'animal est « celui qui porte les mystères ».

L'âne porte un talisman qui rajeunit celui qui le découvre ; pour y parvenir, il est nécessaire d'avoir rencontré le feu divin, c'est-à-dire le désir initiatique qui sommeille en notre âme. Comme Lucius dans le roman ésotérique d'Apulée, *l'Ane d'or*, l'initié quitte alors sa forme d'âne et entre dans la communauté fraternelle.

D'après les textes égyptiens, Seth est tué puis coupé en morceaux. Les parties de son corps sont données comme nourriture aux dieux. Les Sages du Nord exigent un sacrifice identique de celui qui recherche leur communauté ; que ses désirs de puissance personnelle soient anéantis, qu'ils soient donnés en offrande afin d'être purifiés et transformés en désir de Connaissance.

Depuis ces temps anciens, l'âne est devenu une étoile de la constellation du Cancer. Par cet âne céleste, les Sages du Nord nous indiquent la nécessité d'une évolution continuelle de notre esprit, le signe astrologique du Cancer étant celui des mutations incessantes.

Grâce à ce mouvement intérieur, nous trouverons un axe intérieur, créateur d'équilibre et d'harmonie. Nous serons prêts à recevoir un autre enseignement des Sages du Nord, un enseignement transmis par les Vierges venues du soleil caché.

V

LES VIERGES VENUES DU NORD
ET LA LUMIÈRE DE L'AMBRE

La communauté des Sages du Nord ne se contenta pas d'un messager solaire. Elle révéla une autre facette de ses secrets par l'intermédiaire de femmes initiées, les Vierges venues du Nord.

C'est à Délos que ces Vierges manifestèrent leur présence, accompagnées de cinq adeptes. Et l'on doit rappeler ici une légende qui permet peut-être d'identifier cette escorte sacrée.

Apollon cherchait des prêtres pour célébrer son culte dans Pytho la rocheuse, là où il venait de vaincre un monstre. Laissant aller son regard vers la mer, il voit au loin un navire, celui de Crétois qui viennent de Gnosse, la célèbre cité crétoise de Minos. Apollon revêt la forme d'un dauphin, nage rapidement vers le navire et, d'un seul bond, se jette sur le pont. Au même moment, le gouvernail devient fou, l'embarcation est abandonnée au gré des vents ; en réalité, c'est le souffle d'Apollon qui la dirige.

« Ainsi touchèrent-ils à Crisé au beau rivage, fertile en vin. Le navire aborda sans qu'ils y missent la main, tandis que le dieu s'élançait sur la grève, pareil à un astre en plein jour... » Reprenant forme humaine pour parler aux marins, Apollon leur apprend qu'ils séjourneront désormais en ce lieu et qu'ils deviendront les prêtres de son temple.

Nous retrouverons, chez les Celtes, le thème symbolique des navigations du profane vers le monde initiatique ; les marins, apparemment détournés de leur chemin, découvrent la véritable voie, celle de l'Etre de Lumière qui leur ouvre les portes de son temple. Le rôle de ces « marins » initiés est de continuer à voyager de par le monde, de témoigner de la vérité du paradis nordique.

A Délos, les plus anciennes installations connues sont celles des déesses Aphrodite, Artémis et Leto dont nous connaissons les liens avec la communauté des Sages du Nord. Elles occupent un site où régnèrent avant elles les vieilles divinités crétoises, cette aire sacrée se trouvant entre la calanque de Skardhana et le port sacré.

C'est à cet endroit que, portant des gerbes, débarquèrent les Vierges du Nord, venant de leur mystérieux pays. Ces gerbes de paille abritaient des objets rituels destinés à initier une partie des Héllènes.

Aux initiées venues de si loin, les Grecs donnèrent le titre de « Filles blanches du Nord ». Les deux premières vinrent à Délos avant la naissance du soleil, les deux autres au moment de la venue au monde d'Apollon. Ces quatre « Filles blanches du Nord » portaient les noms énigmatiques de « La Brillante », « La Providence divine », « Celle qui est excellente », « L'aimée du peuple ». (1)

Les Filles blanches du Nord donnèrent tout leur amour à Délos, qu'elles considéraient comme un cen-

---

(1) Il s'agit de traductions hypothétiques. Selon Hérodote, les Vierges venues du Nord se nommaient Argé, Opis, Hyperoché et Laodicé. Selon Callimaque qui en connaît cinq, Opis, Hékaergé, Loxo, Hyperoché et Laodicé. On sait qu'Opis fut le prototype d'Artémis et que Loxo fut la nourrice d'Apollon.

tre du monde d'où pourrait rejaillir la révélation des Sages. Leur influence magique préserva la ville de l'invasion perse et, plus tard encore, de l'invasion celte ; elles transmirent l'initiation nordique à un Ordre féminin qui prit le nom de « Filles du Soleil ».

Des événements graves se produisirent. Des événements que l'histoire a soigneusement ensevelis. Nous possédons une seule certitude : les cinq hommes qui accompagnaient les Vierges du Nord ne revinrent jamais ; de plus, on sait que les Vierges furent enterrées à Délos même, ainsi qu'à Delphes, autre ville symbolique du centre du monde.

Sans doute les messagères venues du Nord et leurs compagnons furent-ils assassinés. Douloureusement surpris, les Sages du Nord décidèrent de ne plus jamais envoyer un membre de leur communauté en Grèce. A l'avenir, ils transmettraient leurs offrandes de peuple en peuple, brouillant les pistes, cachant soigneusement l'origine des dons.

Certains Grecs regrettèrent la folie de leurs compatriotes. Ils vénérèrent la tombe des Vierges nordiques et la préservèrent de toute atteinte sacrilège ; en 426, lorsqu'on voulut supprimer tout ce qui rappelait la mort, les lieux saints échappèrent au ravage.

Pour honorer les Vierges, les jeunes garçons leur offraient leurs cheveux coupés, entourant un rameau vert ; les jeunes filles faisaient de même, décorant un fuseau de leur chevelure sacrifiée. Ainsi les deux sexes donnaient-ils aux Vierges le symbole de leur force propre, recevant en retour l'influx vital des saintes reliques. Les Grecs immortalisèrent les initiées sous la forme des Corés, ces belles jeunes femmes dont les gestes envoûtants expriment les harmonies de la divinité.

Les Grecs tentèrent souvent d'identifier la route suivie par les Vierges venues du Nord, afin de localiser un paradis qu'ils avaient renié et souillé ; ils pensaient que l'itinéraire passait par la Scythie, la région de Dodone, le golfe maliaque et l'Eubée. Hérodote parle d'une route très longue qui part de la mer Noire et mène très loin au nord, traversant le Don, longeant la Volga, franchissant la zone des steppes, passant par un col de l'Oural, et aboutissant aux hauts plateaux de l'Asie centrale. Plus loin encore, on atteint les rivages de l'Océan septentrional où il y a beaucoup d'or ; malheureusement, les griffons qui gardent ces immenses richesses repoussent sans ménagement ceux qui ignorent le « mot de passe ».

Les Grecs ne reçoivent plus directement les offrandes des Sages du Nord. « A partir de la Scythie, explique Hérodote, les peuples, les recevant chacun de leur voisin, les transportaient dans la direction du couchant jusque sur les côtes de l'Adriatique ; de là, elles étaient acheminées vers le midi. Les Dodonéens étaient les premiers des Grecs à les recevoir. Puis elles descendaient au golfe maliaque et passaient en Eubée où, de ville en ville, on les expédiait jusqu'à Carystos. Les Carystiens les portaient à Ténos et les Téniens à Délos. »

Les Grecs ont brisé la Tradition primordiale, ils ont perdu la route du Paradis. Pourtant, la communauté des Sages du Nord continue à proposer au monde ses enseignements, sous la forme d'offrandes. Qu'avaient donc apporté les Vierges venues du Nord, qu'avaient-elles déposé près du lac circulaire du Haut-Inopos lors de la création du soleil ?

On sait que les offrandes des Sages du Nord étaient enveloppées dans de la paille de blé parce que, disait la rumeur publique, ces hommes extraordinaires étaient capables de faire surgir du sol des moissons d'or qui les rendaient immortels.

La paille de blé d'or cachait-elle, comme certains

l'ont prétendu, un phallus ? Nous ne le pensons pas. Le phallus, certes, joua un rôle important dans de nombreux mystères antiques, et particulièrement dans les mystères d'Eleusis où il évoquait la force divine, la force qui engendre tous les univers à chaque instant.

Les maigres témoignages que nous avons sont concordants : la paille contenait des morceaux d'ambre, produit d'une grande rareté dans l'antiquité gréco-romaine.

Vers 2500 avant J.-C., on trouve de l'ambre en Crète et en Egypte ; il est exclusivement utilisé à des fins rituelles et sacrées. Un peu plus tard, l'ambre est utilisé par les communautés religieuses d'Europe méridionale pour leurs bijoux et leurs armes, et l'on verra s'établir un véritable marché de l'ambre régi par les Teutons. Dans la vallée du Pô, on trouva des figurines taillées dans de l'ambre d'origine baltique ; le cheminement du précieux produit demeure une énigme.

Certes, on a pu établir une « route de l'ambre » passant par les rives septentrionales de la Germanie, la vallée du Dnieper, Kiev, les rives de la mer Noire, la vallée du Danube et la Grèce. Mais qui décida que l'ambre était porteur de telles richesses spirituelles qu'il valait plus que l'or le plus pur ?

Sans nul doute, la communauté des Sages du Nord offrait, par l'intermédiaire de l'ambre, l'énergie magique qui relie les âmes des hommes à l'âme universelle.

En Egypte, l'ambre est l'écoulement des rayons du soleil. Comme l'explique Pline, « au moment du coucher, les rayons du soleil, lancés sur terre avec plus de force, laisseraient sur elle une sueur épaisse qui, ensuite, est rejetée par les marées de l'océan sur les rivages de la Germanie ; en Egypte, il naît de la même façon ».

L'ambre est utilisé en médecine, contre toutes les infections ; la fumée de l'ambre jaune éloigne les démons, calme les tentations et les délires. Plusieurs auteurs anciens vantent les vertus magiques de l'ambre qui, disent-ils, est une matière mystérieuse où sont enfermés les rayons du soleil. L'ambre naît dans une île étrange de l'Océan du Nord et, au printemps, est rejeté par les flots.

L'ambre est comparé à une rosée ; on le recueille dans une mer immobile où l'on voit apparaître une tête couronnée de rayons, la lumière des Sages du Nord. Pour Apollonius de Rhodes, les grains d'ambre sont les larmes d'Apollon ; l'ambre, « pierre qui brûle », est une sorte de soleil concentré qui préserve éternellement la lumière intérieure des initiés.

Le souvenir de l'ambre, symbole de l'initiation, dura longtemps ; chez les Gaulois, Ogmios, le dieu du Verbe, est lié aux hommes par des chaînes d'or et d'ambre. Pour le pseudo-Denys l'Aréopagite, l'un des maîtres de l'ésotérisme chrétien, l'ambre réunit en lui les qualités de l'or et de l'argent, l'éclat lumineux et la pureté.

De la manière la plus vivante qui soit, les Sages du Nord ont voulu transmettre aux hommes le sens de la lumière ; les Vierges du Nord leur apportèrent aussi des tablettes d'airain sur lesquelles étaient inscrite l'histoire de l'âme et de sa destinée outre-tombe.

Ainsi, par la connaissance de la lumière, l'initié avait la possibilité de se transformer et de se diviniser. Mais pourquoi les Vierges du Nord avaient-elles choisi Delphes pour manifester leur message ou, plus exactement, pourquoi ce message devait-il être manifesté au centre du monde ?

VI

LE CENTRE DU MONDE,
LA CHÈVRE ET LE TEMPLE DE PLUMES

Il est des lieux, en ce monde, où les initiés de l'Antiquité ont aimé inscrire leur message. Delphes en fait partie. A l'origine des âges, il n'y avait là qu'un immense gouffre par où s'exprimait la voix des dieux. Le nom même de Delphes n'est-il pas celui de la matrice féminine ? A Delphes, on apprend le secret de la naissance, on communie avec la terre qui fait naître.

Pour Plutarque, c'est la déesse-Nuit qui fut la première maîtresse de l'oracle primitif de Delphes ; Python, seigneur du trépied prophétique, naquit de la terre ténébreuse dont il dévoila les mystères aux initiés. La nuit de Delphes est remplie de la lumière d'en-haut, elle n'est obscure que pour celui qui refuse de voir en face sa propre vérité.

Delphes est la « grande bouche » qui avale les êtres profanes et les fait ressusciter, munis du sacrement de l'initiation. On pense à la symbolique de la baleine de Jonas, à la bouche géante des mers qui tue pour faire renaître. C'est dans la caverne delphique, probablement, que se déroulèrent les cérémonies initiatiques révélées aux Grecs par les Sages du Nord. Ceux qui, parmi les Héllènes, désiraient accéder à la lumière intérieure, trouvèrent dans ce souterrain les clefs de leur monde intérieur.

Aussi les Grecs firent-ils de Delphes l'omphalos du monde, le nombril du cosmos ; c'est par ce site sacré qu'ils étaient reliés aux forces universelles, c'est par cette « racine » magique qu'ils communiquaient avec le Créateur. Delphes est aussi la « clef de voûte » de la spiritualité grecque, la parole divine venue d'un paradis que les Héllènes ont détruit par folie et par ignorance.

Dans la grande salle du temple de Delphes brûle un feu perpétuel, alimenté par du bois de laurier, l'arbre sacré d'Apollon et du sapin, celui de Poséidon. Le génie solaire et le génie des eaux s'allient pour qu'une lumière perpétuelle rappelle aux hommes leur origine divine ; les Sages du Nord créèrent une ville-centre pour que chacun ait un jour la chance de vivre au centre de lui-même.

Le site delphique est un immense chaudron d'où tout peut jaillir pour qui sait manier les lois de la vie ; les Sages du Nord y ont inscrit leur expérience. A Delphes, comme à Cnossos, le roi devait régner neuf ans. En accomplissant ce nombre symbolique, il lavait l'humanité de ses fautes et lui redonnait sa pureté primordiale. Véritable centrale énergétique, Delphes produisait une onde étrange qui préservait la terre des pires malheurs.

Le philosophe Héraclite, dont l'œuvre fut saccagée par le temps, nous laissa un fragment capital : le dieu dont l'oracle est à Delphes, dit-il, ne parle pas, ne dissimule pas : il montre par signes. Ni la parole, ni le silence. La révélation delphique échappe à la dualité humaine, puisqu'elle se manifeste par les symboles. Et les symboles sont indissociables de la voie initiatique.

Par ce simple fragment d'Héraclite, nous voyons que la pensée des Sages du Nord fut au moins partagée par quelques-uns ; Delphes devenait ainsi le symbole de l'origine de toutes choses, l'image de l'état primordial qui existait avant la création du monde.

En allant à Delphes, le pèlerin pouvait pénétrer à l'intérieur de cette origine, en goûter la sève vivifiante ; se délivrant de ses impuretés, il devenait l'enfant divin pour lequel tous les mondes sont nouveaux.

Les Pythagoriciens, bien entendu, intégrèrent la magie de Delphes dans leur enseignement ésotérique. A la question rituelle « qu'est-ce que l'oracle de Delphes ? », l'initié répondait : « c'est l'harmonie. dans laquelle il y a les sirènes ».

Pour nous, cette réponse est surprenante. Nous avons pris l'habitude mentale de considérer les sirènes comme des êtres maléfiques, qui font tomber le voyageur dans des pièges sinistres. Enjôleuses et traîtresses, les sirènes détournent l'homme de sa vérité et le condamnent à l'immobilité.

Les Pythagoriciens voyaient les sirènes d'une autre manière. Certaines d'entre elles, très différentes de leurs sinistres consœurs, avaient gardé le secret de l'harmonie des sphères et le transmettaient par leurs chants. Il ne s'agissait plus, cette fois, de mélodies trompeuses et de sons destructeurs mais de l'expression même de la vie. Celui qui entendait le chant secret des sirènes était initié aux mystères de l'harmonie, il faisait partie de la communauté des sages.

A Delphes, par conséquent, nous pouvons découvrir l'harmonie cachée de la vie. Au centre des mondes, au centre de nous-même, nous commençons à donner une véritable signification à notre voyage vers le Nord.

Delphes ne nous offre pas ses trésors sans réticence ; la cité sainte impose une énigme supplémentaire par le symbole de la chèvre.

A l'origine des temps, en effet, ce sont des chèvres qui découvrirent l'oracle de Delphes. C'est pourquoi les initiés delphiens, avant de consulter le dieu, préfèrent sacrifier des chèvres pour obtenir les réponses souhaitées.

Les circonstances de la découverte furent assez extraordinaires ; à l'endroit où se bâtira plus tard le sanctuaire, il y avait une profonde crevasse. Là paissaient les chèvres, dans un site totalement désolé et hostile à l'homme.

Souvent, les chèvres s'approchaient de la crevasse. Les plus audacieuses se penchaient et regardaient vers le fond. Alors se produisait un phénomène étrange : la chèvre audacieuse se mettait à bondir de façon désordonnée et bêlait d'une voix fort différente de sa voix habituelle.

Un jour, le berger se décida à tenter l'aventure. Intrigué par le manège des bêtes, il voulut en avoir le cœur net. Dès qu'il eut contemplé le trou béant, il ressentit un tressaillement dans sa chair et, malgré lui, son corps s'anima de mouvements rythmiques.

Possédé par l'enthousiasme divin, le berger fut aussitôt capable de prédire l'avenir et de révéler à ses semblables les desseins célestes. Le berger qui a contemplé l'intérieur de la terre deviendra prêtre, le désert deviendra temple.

Dans ce récit de l'origine de l'oracle, la chèvre joue un rôle d'initiatrice. C'est elle qui découvre la faille, c'est elle qui a le courage d'y aventurer son regard, c'est elle encore qui, la première, fait l'expérience de l'illumination divine. L'homme se contente de l'imiter.

Pour les Syriens et les Chaldéens, cette chèvre mystérieuse est dotée de pouvoirs magiques. Née dans les régions célestes, elle a reçu pour mission de mettre en fuite les puissances néfastes et de veiller à la « santé » du cosmos.

C'est elle, sous le nom d'Amalthée, qui fut la nourrice de Zeus, remplissant la fonction de nourrice du plus grand des dieux. Un sceau crétois nous montre la chèvre-nourrice au-dessous d'une main de justice, prouvant qu'elle met au monde l'ordre cosmique et l'entretient par la transmission des forces vitales. La déesse-mère, symbolisée par la chèvre, offrait également ses richesses aux hommes, incluant dans son amour tous les êtres vivants.

Les Sages du Nord connaissaient bien cette chèvre indispensable au « développement » des dieux. Ils la nommaient Heidrun ; chaque jour, elle broutait les feuilles d'un arbre gigantesque tandis que de ses pis coulait l'hydromel. Le monde grec n'oublia pas la chèvre sacrée du Nord, la créatrice du liquide nourricier qui illumine les banquets des initiés.

La chèvre de Delphes nous rappelle l'existence de l'hydromel. La « sainte liqueur » n'est pas offerte à tous et, cependant, elle est indispensable pour poursuivre notre voyage. Comment obtenir cette force de régénération ?

Lorsque Apollon, encore enfant, construisit le premier autel offert aux regards des hommes, il prit soin d'utiliser un étrange matériau : des cornes de chèvres. Il indiquait ainsi la nécessité du don de soi, de l'offrande de notre dynamisme à la puissance divine. Nés de cette puissance, nous avons le devoir de lui offrir l'essentiel de notre vie ; par la communion qui naîtra de ce sacrifice, nous recevrons une « boisson d'immortalité », le liquide nourricier de la chèvre prophétique.

Cette chèvre, au demeurant, est dotée de pouvoirs extraordinaires. Son œil est un soleil enfermé dans une nuit obscure ou dans d'épais nuages qu'il parvient pourtant à percer ; la chèvre voit tout, rien ne lui échappe. Elle nous enseigne les lois de la vigilance, de l'état d'éveil permanent qui préside à toute initiation.

« Quand ton âme aura quitté la lumière du soleil, disent les *Tablettes orphiques*, prends à droite en veillant à tous les détails. Sois heureux d'éprouver ce que tu éprouves ! Tu as éprouvé ce que tu n'avais jamais éprouvé auparavant ! Tu es devenu Dieu ! Chevreau, tu es tombé dans le lait ! Adieu, sois heureux. Prends le chemin de droite vers les saintes prairies et les bois de Perséphone ! »

L'Orphisme nous enseigne donc que chevreau et chèvre sont des symboles de l'initié et de l'initiateur. « Sur les rives septentrionales et orientales de la Méditerranée, les anciens firent de la chèvre l'un des emblèmes de l'Initiation, parce que, disaient les vieux naturalistes, la puissance de vue de la chèvre s'accroît d'elle-même, à mesure qu'elle s'exhausse dans l'air des sommets. De même l'esprit du myste devient plus pénétrant à mesure qu'il franchit les degrés des mystères. » Ainsi s'exprime Louis Charbonneau-Lassay dans son *Bestiaire*, montrant que les chèvres sont équivalentes aux hommes connaissants qui gravissent la montagne de la Sagesse.

A Delphes, la communauté des Sages du Nord créa un centre du monde où il est possible d'aiguiser notre regard, de voir enfin ce que notre vanité rendait mystérieux. L'Oracle de Delphes est la voix de notre propre conscience, au moment où elle sort des ténèbres intérieures et s'affirme comme la lumière du chemin.

Les Sages du Nord dirigèrent les bâtisseurs avec beaucoup de précision. L'oracle, en effet, fut abrité par quatre temples, correspondant sans doute à quatre expressions du divin et rendant le site universel. Le premier temple avait la forme d'une hutte ; il était construit avec des lauriers venant de la vallée du Tempé, là où les voyageurs vivaient l'oubli et l'abandon du « vieil homme ». Le second temple avait été érigé par des abeilles qui utilisaient comme matériaux de la cire et des plumes. Le terme d'« abeilles » désigne des architectes initiés qui avaient goûté au miel de la connaissance, à la saveur solaire de la nourriture d'immortalité.

C'est ce second édifice, le temple de plumes ou temple volant, qu'Apollon transporta chez les Sages du Nord. Hérodote a entendu parler de ce mystère ; pour lui, il existe, loin au Nord, un curieux pays où l'air est plein de plumes. Ce pays est l'extrémité du monde, personne ne peut aller plus loin. Persuadé qu'une explication rationnelle éliminera ce problème, l'historien grec écrit que ces plumes sont des flocons de neige qui rendent la contrée inhabitable.

Pourtant, Hérodote ajoute que la communauté des Sages du Nord, dont l'existence est très improbable, n'habite pas là mais derrière les pays neigeux. Le temple de plumes, s'élançant à travers les airs, a franchi les obstacles pour atteindre le pays merveilleux où règne la fraternité.

Sur notre chemin vers le paradis nordique, deux questions se posent : quelle est la véritable nature de ce temple ? Comment le découvrir ?

Pour Jean Richer, le temple de plumes serait peut-être « le temple céleste où on parle la langue des oiseaux », autre nom de la « cabbale phonétique » chère à Platon. Parler la langue des oiseaux, connaître les secrets de la Kabbale, pratiquer l'alphabet symbolique qui crée les mondes... voilà bien certaines grandes orientations de la pensée initiatique. Le temple de plumes n'est pas statique, il est un centre vital toujours en mouvement. Pour le trouver et pénétrer en son sein, l'homme doit également vivre ce mouvement et ne jamais se figer dans une croyance quelconque.

Rois, dieux, héros ont parfois porté une couronne de plumes, véritable auréole de lumière qui mettait l'accent sur la qualité initiatique de leur pensée. Le rôle sacré de la plume fut également mis en évidence dans les rites magiques des chamans auxquels elle accordait des dons de clairvoyance et de divination. De telles possibilités naissent de l'équilibre intérieur d'un être qui a gravi les divers degrés de l'initiation et met au service de la communauté les connaissances acquises.

La symbolique primitive de la plume semble liée à la notion d'équilibre intérieur, elle-même indissociable de la conscience du sacré. En Egypte, l'emblème de Maât, déesse de l'ordre du monde et de l'harmonie cosmique, est précisément une plume.

L'une des clés de cette plénitude se trouve dans le nom des prêtresses qui, à Delphes, remplissaient les devoirs du culte : elles se nommaient « abeilles ». Abeilles, parce qu'elles étaient nées de la décomposition d'un gigantesque taureau ; abeilles, parce qu'elles avaient transformé la pourriture en pureté en créant un miel incorruptible.

Découvrir la Delphes des Sages du Nord revient à découvrir en nous une sorte de « point de référence » qui nous permettra de dominer les fluctuations de la condition humaine. Non pas devenir un quelconque surhomme, mais bénéficier d'une sérénité ouverte sur la vie. Mais notre chemin ne s'arrête pas là ; la biche et l'olivier ne tarderont pas à nous interroger.

VII

HERCULE, LA BICHE ET L'OLIVIER

L'initié qui vit au centre de lui-même est capable de voyager. Passé au crible de l'épreuve delphique, il participe au rayonnement des Sages du Nord, il trouve en lui une nourriture céleste qui est indispensable pour affronter de nouvelles difficultés.

Sur la route qui conduit au paradis nordique, nous découvrons à présent un personnage célèbre dont les exploits étonnèrent l'univers. Nous rencontrons le prototype du Héros, le symbole de la force noble qu'aucune frayeur ne saurait entraver.

Par l'intermédiaire d'Hercule, la communauté des Sages du Nord a tenté de nous révéler certaines dispositions spirituelles exigées des postulants à l'initiation. Reprenons donc le cours des événements.

Après avoir traversé la Libye où il tua de nombreux animaux sauvages, Hercule atteignit l'Océan. Après s'être régénéré à son contact, il gagna le Caucase où il délivra Prométhée. Le héros reconnut son frère, il affirma sa liberté au regard des puissances divines. Pour remercier Hercule, Prométhée lui enseigna la route menant aux Hespérides. Hercule n'hésite pas un instant ; il découvre de merveilleuses contrées après être passé par le pays des Scythes et les monts Riphées.

L'extraordinaire voyage eut une conséquence inattendue : Hercule découvrit le paradis des Sages du Nord au voisinage des Hespérides.

Les initiés au soleil du Nord accueillirent le héros comme un des leurs ; il y avait en lui ce désir de feu orienté vers la Connaissance, cet amour de la vie qui transcende les contradictions et les insuffisances. Pourtant, quelles que soient les qualités d'un individu, la porte qui s'ouvre sur le paradis nordique est des plus étroites. Hercule, à l'instar des autres adeptes, eut à prouver la pureté de ses intentions. Cet épisode dramatique fut transcrit sous la forme de la chasse à la biche aux cornes d'or.

Quatre biches aux cornes d'or tiraient le char céleste d'Artémis, déesse privilégiée des Sages du Nord. La cinquième biche n'était pas asujettie à ce travail ; or, c'est elle qu'Hercule devait capturer vivante.

La biche aux cornes d'or et aux pieds d'airain était infatigable ; quelques grands chasseurs avaient tenté, en vain, de la capturer. Rapidement distancés, ils renonçaient à la poursuivre.

Hercule, à son tour, entreprit l'impossible chasse. Après avoir trouvé la piste de l'animal, il s'élança à sa poursuite. Prise au jeu, la biche fit preuve de tout son talent : la folle équipée dura plus d'un an.

La biche merveilleuse n'allait pas au hasard ; elle conduisit Hercule jusqu'au pays des Sages du Nord. Mais, sur ce point, le récit est muet : on sait simplement que l'animal et son chasseur pénétrèrent dans le paradis nordique, y séjournèrent pendant une période indéterminée puis en ressortirent.

La chasse d'Hercule, par conséquent, est une poursuite du soleil secret que la biche magique cache entre ses cornes. Elle est l'initiatrice du héros, le conduisant parmi les Sages qui lui feront connaître les mystères dont il s'est rendu digne par son exploit. Suivre la trace de la biche, ne pas perdre de vue cet éclair solaire sont d'authentiques prodiges. Jamais Hercule ne douta de son succès, jamais il ne relâcha sa vigilance.

Les Anciens laissèrent clairement entendre que la chasse d'Hercule était une poursuite de la Sagesse. Les Gaulois identifièrent le héros grec avec leur dieu Ogmios, créateur de l'alphabet dont les lettres organisent le monde. Les Sages du Nord étaient réputés connaître ces secrets, vivant au cœur du Verbe. Scribes initiés, bardes avaient le devoir de les transmettre à leurs nouveaux Frères ; la biche magique leur amena Hercule dont le soleil intérieur s'intégrerait dans le soleil de la communauté.

La capture de la biche est assez secondaire par rapport à la chasse. C'est dans cette dernière que résidait le véritable effort du postulant, c'est par elle que se révélait l'intensité de son désir initiatique. Le dénouement, néanmoins, mérite d'être relaté. Hercule brisa l'élan de la biche par une flèche qui se ficha entre un tendon et un os ; l'animal était ainsi immobilisé sans souffrir d'aucune blessure.

Par ce nouvel exploit, le chasseur donnait une preuve éclatante de son art. Son but n'était pas de tuer ou de détruire, mais de « stopper » le mouvement de la biche magique, de même que les initiés Indiens « stoppaient » le mouvement du monde pour le faire passer à l'intérieur de leurs esprits.

La rencontre de l'homme et de l'animal revêt ici une signification très particulière ; la biche, symbole de l'éclair qui illumine la pensée du profane, marque un brutal changement d'état. Sur le sentier de l'initiation, il y a des « temps forts » qui ne tolèrent aucun faux-fuyant.

Selon une autre tradition, Hercule parvint à rejoindre la biche au pied d'un pommier. Porteur de fruits solaires, ce pommier fut créé par la communauté des

Sages du Nord. Planté au sommet d'une montagne, il servait d'axe de lumière. C'est vers lui qu'Hercule se dirigea, guidé par la biche.

Enfin, selon une troisième version, Hercule aurait ramené à Mycènes la biche captive, la rendant ainsi à ses origines nordiques. Par son geste, le héros indiquait clairement le but de sa quête : dialoguer avec la biche, entendre le message qu'elle avait reçu des Sages du Nord. Sa tâche accomplie, il « remet les choses en ordre ».

La biche magique eut une abondante postérité. Songeons à celle qui allaita Siegfried pour lui donner le « génie » de la Quête héroïque ; songeons aussi à la biche merveilleuse qui est à l'origine de la Hongrie et dont l'histoire mérite d'être contée. Hunor et Mogor, les deux illustres ancêtres du peuple Hongrois, étaient partis à la chasse. Soudain, ils voient une biche d'une merveilleuse beauté qui fuit devant eux. Dotés d'une grande expérience, ils utilisent toutes les ressources de l'art de la chasse ; pourtant l'animal leur échappe. Ils perdent sa trace et arrivent dans un site où leur fureur s'apaise. Il s'agit d'une plaine particulièrement propice à l'élevage des troupeaux. Hunor et Mogor prennent alors la décision de quitter leur père et de s'installer en ces lieux : la Hongrie vient de naître.

Les chasseurs, par conséquent, n'ont pas été réellement vaincus ; en abandonnant leur proie, ils ont découvert le « creuset » naturel d'où sortira tout un peuple. La biche a rempli son rôle de fondatrice, révélant aux héros l'espace sacré qu'ils recherchaient sans le savoir.

C'est sans doute la même biche magique qui épousa le loup bleu et donna naissance à l'un des plus grands souverains de l'histoire, Genghis Khan. Lorsqu'elle accoucha, une lumière divine emplit la terre et les hommes se prosternèrent devant le miracle. Genghis

Khan n'était pas seulement un homme politique d'une envergure exceptionnelle ; il avait traversé les épreuves initiatiques de sa race et son ascendance légendaire prouve qu'il était à la tête des « hommes-loups » dont nous étudierons plus loin les fonctions sacrées.

Dans la suite des siècles, le cerf fut souvent l'analogue de la biche, du moins dans l'univers de l'initiation. Les communautés d' « hommes-cerfs », c'est-à-dire d'initiés portant des masques de cerfs pendant la célébration des rituels, sont des « filiales » de la confrérie des Sages du Nord. Les habitants de Syracuse virent un jour des « batailles » entre des hommes dont la tête était ornée de couronnes et de bois de cerfs ; ils furent effrayés par ce spectacle, ignorant qu'ils assistaient à la diffusion d'un mythe né dans la lointaine lumière du Nord.

Sur une célèbre stèle gallo-romaine trouvée à Reims, on voit un dieu assis en tailleur sur un trône. Il tient une bourse d'où sortent soit des pièces de monnaie, soit des grains. Sur sa tête sont plantés des bois de cerf. Il offre ses trésors à un cerf et à un taureau.

Cette énigmatique divinité, dont le nom est probablement Cernunnos, dispose souvent d'une tête triple. A notre sens, il offre au cerf et au taureau une nourriture divine qui leur donne accès aux mystères, les deux animaux symbolisant des « grades » initiatiques. On sait d'ailleurs que les Celtes considéraient le cerf comme un animal capable de conduire les défunts vers les paradis des bienheureux.

Un détail précis nous révèle le rôle exact de Cernunnos : le corps du « défunt » pouvait être introduit dans une peau de cerf que l'on cousait. Le chemin vers le paradis était ainsi plus facile. L'existence de ce rite est attesté dans la plupart des civilisations traditionnelles ; en Egypte ancienne, c'est le « passage par la peau » d'un animal qui transforme l'homme profane en homme initié. Le « défunt » dont nous parlent les traditions n'est autre que le disciple mort à une vie superficielle et capable de renaître à la Connaissance. Aussi Cernunnos, le dieu-cerf, est-il l'initiateur qui enseigne aux jeunes adeptes l'art de la transmutation intérieure. Il est le vivant témoin de la transmission spirituelle qui s'effectua entre la confrérie des Sages du Nord et la civilisation celtique.

A la symbolique animale représentée par la biche s'ajouta une symbolique végétale représentée par l'olivier. Hercule, en effet, avait accompli un nouvel exploit en rapportant l'olivier des brumes du Nord, c'est-à-dire du paradis nordique où il avait eu l'autorisation de séjourner. Poursuivant la biche aux cornes d'or, il était arrivé en cette contrée qui est au-delà des souffles glacés du vent du Nord, et il avait vu des arbres étranges qui emplirent aussitôt son cœur de joie. « Là, quand il s'arrêta, dit la légende, il admira les arbres et il céda au désir séduisant de les planter autour de la borne dont les chars font le tour douze fois. Car la terre de Pélops (la Grèce) ne s'épanouissait pas encore en arbres splendides dans les vallons de Cronos. »

Si l'on prenait le texte de Pindare à la lettre, il faudrait croire que l'olivier n'existait pas en Grèce et qu'Hercule le découvrit dans l'extrême-nord du monde. La plupart des érudits s'insurgent devant une telle hypothèse ; l'olivier est, à l'évidence, le plus spécifique des arbres méditerranéens !

Avant de proposer une solution à cette énigme, examinons quelques-unes des conséquences de l'apport d'Hercule à la Grèce. A Olympie, c'est l'olivier sauvage qui couronnait le vainqueur des jeux ; ses rameaux servaient à fabriquer les couronnes et, lors de la cérémonie finale, on montrait avec fierté l'étonnant végétal qu'Hercule avait rapporté des contrées nordiques.

L'olivier sacré devint la propriété d'Athéna, et douze rejetons du premier olivier connu en Grèce furent plantés dans les jardins de l'Académie. A Délos, l'olivier poussa sur la tombe des Vierges venues du Nord ; à Eleusis, il était vénéré comme une manifestation divine.

Aux fêtes des semailles d'octobre, à Athènes, un jeune homme suspend un rameau d'olivier aux portes du temple d'Apollon. Ce rameau est décoré d'une manière très particulière ; on y attache des gâteaux, des fruits, des fioles, remplies de miel, d'huile et de vin, des rubans. On essaye, par conséquent, de lui faire porter les produits de la nature et les créations de l'art des hommes.

Dans ce rite, le jeune homme est le symbole éclatant de l'initié, responsable des désirs et des sacrifices de son peuple ; la fête de l'olivier est une sacralisation de la communauté, une prière collective vers la lumière du dieu du Nord.

Ces quelques observations montrent que l'olivier avait une importance religieuse notable dans la vie des Grecs ; son caractère magique témoignait de forces irrationnelles que les Héllènes intégraient difficilement. Bien entendu, beaucoup d'érudits tentèrent d'expliquer d'une manière « raisonnable » la légende d'Hercule ; celui-ci ne serait qu'un Héraclès primitif, pré-crétois ou crétois, qui aurait fondé une partie des jeux d'Olympie. A cette occasion, il aurait porté l'olivier grec dans les régions du nord. Autre explication : Héraclès aurait apporté à Délos un olivier crétois en affirmant qu'il s'agissait d'un arbre vivant dans le mystérieux paradis nordique.

Les Grecs eux-mêmes cédèrent à la tentation d' « expliquer » la symbolique par des méthodes « rationnelles » ; cette peur de l'inconnu, remarquons-le, aboutit à taxer Héraclès de mensonge ou de débilité mentale !

Pour l'ésotérisme islamique, l'olivier est l'arbre béni, rempli de lumière ; il symbolise l'axe du monde que les justes placent en eux-mêmes afin d'avancer sur le chemin de la connaissance. Pour la tradition judaïque, l'olivier représente le paradis des initiés qui ont franchi les épreuves rituelles. De semblables interprétations sont offertes par les civilisations de l'ancien Proche-Orient.

En poursuivant la biche, Héraclès rencontra la communauté des Sages du Nord. Cet événement, qui ouvrit son cœur à l'initiation, n'était pas dû au hasard. Grâce à sa recherche acharnée de la sagesse, il franchit naturellement les portes du « pays » fermées aux profanes.

Là, parmi les Sages du Nord, il reçut communication de certains mystères dont l'olivier donnait la meilleure image. Arbre de lumière, l'olivier naquit dans les ténèbres apparentes du Nord qui, en réalité, contiennent le soleil à l'état pur. La lumière de l'olivier, destinée à briller au-dehors, fut remise entre les mains d'Hercule.

Ainsi, l'olivier faisait partager à de nombreux peuples le sens de la verticale, le désir d'un axe de lumière qui organiserait la société autour de principes de sagesse. Héraclès-Hercule était un parfait représentant d'un tel idéal, sa stature héroïque étant admirée et respectée par tous.

Mais Hercule n'est qu'un ambassadeur des Sages du Nord, un frère de Ptéras, l'homme ailé, qui construisit le temple de plumes. Tous deux reçurent la lumière du Paradis nordique, tous deux agirent conformément à la sagesse qui leur avait été enseignée.

Néanmoins, il appartenait à d'autres initiés de manifester d'une manière plus éclatante la tradition dont ils se nourrissaient. Ce que nous savons de la communauté des Sages du Nord nous permet à présent de les rencontrer et de les interroger.

VIII

LES INITIÉS DU SOLEIL CACHÉ ET LA FLÈCHE MAGIQUE

A travers les fables, les contes et les légendes, la communauté des Sages du Nord parvint à transmettre une partie de son enseignement. Elle révéla aussi ses richesses initiatiques par l'intermédiaire de mystérieux personnages dont le renom fut considérable au sein du monde antique.

Evoquons d'abord Abaris, grand-prêtre d'Apollon dont certains disent qu'il était scythe et d'autres gaulois. Ses responsabilités sacerdotales étaient, sans nul doute, très importantes, et l'on sait qu'il écrivit un poème sur le soleil caché du paradis nordique.

« Abaris, écrit Marie Delcourt, a dû être primitivement quelque vieux génie que l'on priait de rendre le sol fertile et les femelles fécondes : parèdre des Vierges enterrées, disait-on, à Délos. » Ce « vieux génie » n'est autre que le Frère en initiation des Vierges venues du Nord et le messager privilégié d'une confrérie secrète. Abaris, en effet, était réputé pour avoir passé la plus grande partie de sa vie dans les temples ; lorsqu'il vint en Grèce, il chercha des endroits particulièrement chers aux dieux afin d'ériger de nouveaux sanctuaires. Prêtre errant, il accomplit ce « tour du monde » cher aux initiés de toutes les traditions ; il remplit sa fonction de Maître d'Œuvre qui cherche à vivre toutes les expériences humaines et à connaître tous les chantiers où des hommes essayent de créer à l'image des dieux.

La célébrité d'Abaris reposait sur un « détail » tout à fait surprenant. Il possédait une flèche magique qui lui permettait de voyager dans les airs et de survoler les fleuves, les mers et les montagnes. Cette flèche immense, inestimable cadeau d'Apollon, donnait à Abaris le pouvoir de se passer de nourriture. Pendant ses voyages, dont la durée pouvait être longue, il ne mangeait ni ne buvait.

Abaris prouvait ainsi sa connaissance des lois du jeûne et d'une certaine ascèse initiatique ; se privant de la « quantité », il laissait agir en lui-même l'axe de la flèche, sa rectitude de pensée ; c'est pourquoi l'on disait que la flèche magique orientait et guidait les voyages de son maître.

Ce jeûne est une sorte de purification permanente ; Abaris, vivante illustration du mouvement de l'âme, porte en lui des forces de régénération. C'est pourquoi, à travers la terre entière, il célèbre les sacrifices qui apaisent la colère des dieux et arrêtent les fléaux. Ses exploits les plus notables eurent lieu à Sparte et à Cnossos où, grâce à la vertu de la flèche, il débarrassa les populations d'une épidémie de peste. Possédant également le don de prédiction, il annonce les tempêtes et les tremblements de terre, sauvant plusieurs cités d'une destruction certaine.

Le maniement de la flèche détourne les vents maléfiques de leur destination, empêche la formation de perturbations célestes. Abaris, pendant ses voyages, veille sur l'équilibre du cosmos. Lorsqu'il descend sur la terre, c'est une bénédiction pour ceux qui l'accueillent ; il commence par guérir les maladies puis enseigne à un très petit nombre d'adeptes l'art divinatoire.

La tradition nous a rapporté la phase ultime de

l'initiation d'Abaris. L'événement se produisit quand il rencontra l'un des grands maîtres de la confrérie des Sages du Nord, Pythagore en personne. Les deux Frères se contemplèrent un moment, puis Abaris sortit la flèche magique de son étui et la tendit à Pythagore. Le maître accepta le cadeau ; en remerciement, il dévoila au voyageur la fameuse cuisse d'or dont certains niaient encore l'existence. Sur la cuisse de Pythagore avait été inscrite l'image d'or du dieu Râ ; de la sorte, les prêtres égyptiens avaient concrétisé l'initiation de Pythagore à la Lumière des temples.

Abaris, en offrant ce qu'il avait de plus précieux, recevait l'illumination. Pythagore lui enseigna aussi le secret des Nombres, la physique sacrée, la théologie. Le voyageur avait trouvé un port d'attache, l'errant découvrait la communion fraternelle.

La surprenante existence d'Abaris est liée à la présence de la flèche magique. C'est en elle que réside sa puissance, c'est par elle que s'expriment ses vertus initiatiques.

Or, l'arc et la flèche sont également liés à Apollon. Le dieu est « celui qui frappe au loin », il atteint de ses traits meurtriers ceux qui s'opposent à son rayonnement. L'arc, proclamait Héraclite, a pour nom la Vie et pour œuvre sa mort. Phrase étrange, révélation de l'un des secrets des Sages du Nord : tout symbole est porteur de création ou de destruction, selon l'esprit et la main qui l'utilisent.

Aussi est-il indispensable de confier l'arc et la flèche à un être qui saura les utiliser à bon escient. Apollon, incarnation de la Lumière, sera celui-là ; parmi ses objets sacrés, il tient soigneusement caché le chrysaor qui n'est pas un glaive d'or, comme on le supposa longtemps, mais bien la flèche d'or des Sages du Nord.

Cette flèche d'or, créée par l'Artisan céleste, fut le

premier trait de lumière destiné à purifier l'humanité. Les dieux concentrèrent leur énergie dans cette arme que seules les mains d'un « alchimiste » manieraient avec génie.

Eratosthène nous conte une curieuse histoire à propos de la flèche d'or d'Apollon. Apollon, explique-t-il, la fabriqua pour venger Asclépios, dieu de la médecine, contre les Cyclopes, artisans de la foudre de Zeus. Il la cacha ensuite dans le pays des Sages du Nord, où l'on trouve aussi le célèbre temple de plumes. La tradition affirme qu'Apollon ramena la flèche d'or lorsque Zeus l'eût absous de ce meurtre et eut mis fin à son séjour chez Admète. C'est alors que la flèche, dont la taille était gigantesque, fut renvoyée par la voie des airs avec la féconde Déméter.

Les fidèles de Zeus faisaient partie d'une société initiatique, les fidèles d'Apollon d'une autre ; les premiers constituèrent la caste grecque la plus importante et la plus représentative, tandis que les seconds, héritiers d'une tradition étrangère à la Grèce, occupèrent une place plus marginale. Certes, le culte d'Apollon se construisait sur des bases suffisamment larges pour développer son originalité propre et affirmer son génie ; mais l'histoire de la flèche tente de marquer un rapport de subordination d'Apollon à Zeus.

Apollon agit fraternellement envers Asclepios en le protégeant des Cyclopes ; mais Zeus n'approuve pas une intervention qu'il n'a pas décidée et exile le dieu de la lumière, lui-même étant aussi une divinité du ciel lumineux. Sans protester, Apollon admet le châtiment qu'il met à profit pour bénéficier d'une méditation sur lui-même. La flèche d'or retrouve sa patrie d'origine et, à l'instar du dieu, s'y régénère.

Les dieux transmettent, par leurs actions et leurs attitudes, le message initiatique. Les dieux sont des guerriers. Or, dans cette histoire, Apollon est étrangement passif. On peut supposer qu'il part accomplir un pèlerinage vers lui-même ; sur l'ordre de son Maître Zeus, le disciple Apollon va réfléchir sur l'essence d'une vie qu'il a retirée à des êtres indignes.

Le thème de la retraite initiatique du postulant est attesté dans nombre de religions ; quittant son clan pour une durée plus ou moins longue, il fait l'expérience de la solitude. C'est en lui qu'il découvre la « flèche d'or », le lien qui l'unit au cosmos, le lien qu'il peut lui-même recréer.

Selon une autre tradition, Apollon fabriqua la flèche d'or de ses mains parmi la communauté des Sages du Nord. Le dieu, tel l'apprenti des loges maçonniques, accomplit ainsi son chef-d'œuvre qui lui ouvre les portes de nouveaux mystères. Par la création d'un objet magique et harmonieux, il prouve sa « compétence » dans le monde des symboles et sa capacité de créer à l'image du Créateur. De l'Egypte ancienne à nos jours, les communautés initiatiques de bâtisseurs exigèrent toujours de leurs apprentis cette mise à l'épreuve à la fois exaltante et impitoyable.

Son chef-d'œuvre accompli et dûment examiné par ses Maîtres, Apollon l'utilise immédiatement à des fins purificatrices. Attaquer les Cyclopes ne se ramène pas à une banale vengeance ; en agissant au nom du magicien Asclépios, Apollon affronte les artisans de la foudre détenue par Zeus.

En scrutant les aspects cachés de la fable, nous nous apercevons qu'Apollon a pour mission de rétablir la voie juste de l'alchimie et de la magie, voie que les Cyclopes ont souillée par leur indignité.

Certes, en prenant le risque d'utiliser l'immense flèche d'or et de punir les créatures de Zeus, Apollon s'exposait lui-même à être souillé ; c'est pourquoi il fera retraite, après avoir soigneusement caché la flèche dans le temple rond des Sages du Nord.

Zeus voit ainsi échapper le chef-d'œuvre d'Apollon, le seul dieu qui ait librement accès au paradis nordique. Si Déméter en connaît le secret, c'est qu'elle fait sans doute partie de la communauté des Vierges sacrées ; elle montre à l'humanité la constellation du Sagittaire, ultime transformation de la flèche d'or d'Apollon.

Nous touchons ici à l'ésotérisme du signe zodiacal du Sagittaire. Pour les Anciens, il symbolisait l'aventure humaine par excellence, c'est-à-dire la Quête spirituelle que les astrologues exprimaient par l'image du « grand voyage ».

Cette aventure peut être vécue de trois manières. L'homme en résonance harmonique avec le signe du Sagittaire connaît un équilibre dynamique entre son aventure spirituelle et son existence quotidienne. Il dispose d'une intelligence aussi pénétrante que la « flèche d'or » et s'engage le plus loin possible sur le chemin de l'esprit afin de percevoir des mondes que les autres hommes n'avaient pas encore entrevus.

Mais les deux autres types d'homme vivent imparfaitement le Sagittaire et en trahissent l'esprit. Chez le premier, la soif de l'inconnu est à ce point puissante qu'il néglige l'équilibre matériel élémentaire et devient un « explorateur » le plus souvent peu équilibré. Chez le second, au contraire, c'est l'épanouissement « horizontal » qui prédomine et tue l'aventure spirituelle à plus ou moins long terme.

Le Sagittaire authentique pose solidement ses pattes sur le monde manifesté ; sa tête est flamboyante, sa pensée est un soleil qui brûle les imperfections et attise le désir d'absolu.

Etant donné le rapport étroit de la flèche avec les rituels d'initiation, nous devons à présent approfondir sa signification en apportant quelques compléments d'information.

Pour les Bouriates, les puissances célestes ont à leur service des forgerons qui leur fabriquent des flèches. Les dieux les tirent dans les diverses directions de l'univers et, lorsque les magiciens ont la chance d'en retrouver sur la terre, ils les utilisent dans leurs rites.

Le chamane bouriate, par exemple, se sert de la flèche pour rappeler les âmes des malades. Il peut également placer son âme en elle afin d'atteindre les mondes supérieurs et de voyager parmi les puissances divines.

La flèche, bien entendu, est omniprésente dans les initiations de guerriers. Il ne faudrait d'ailleurs pas se méprendre sur ce terme de guerrier ; certes, les hommes initiés savent se battre physiquement, mais l'essentiel est ailleurs. Etre guerrier consiste à vivre d'une certaine manière, à voir l'univers avec l'attention permanente du chasseur et non avec la passivité béate de l'esclave satisfait de son conditionnement.

Dans cette conception « guerrière » de l'initiation, où l'homme est sans cesse confronté aux puissances vitales, l'arc est la vie, la flèche symbolise l'âme, la cible est analogue à l'esprit créateur. La flèche qui touche son but est communion du guerrier avec l'esprit de toutes choses, avec l'Origine.

Rituellement, les Thraces tiraient des flèches contre le ciel lorsqu'il tonnait et que des éclairs zébraient le cosmos. Ils menaçaient les dieux ou, plus exactement, offraient la lumière de leurs flèches aux pulsations de l'univers. Ce rite du décochement des flèches contre les divinités du tonnerre fut pratiqué dans plusieurs parties du monde ; Mithra lui-même décocha des traits contre les nuages chargés d'eau.

Par le lancer des flèches, les initiés ne s'attaquent

pas au ciel et à ses manifestations ; en réalité, ils aident le dieu des éclairs à exprimer sa puissance. Ce dieu, en effet, transmet à la terre la lumière d'en-haut ; en lui envoyant des flèches qui sont de la nature de l'éclair, la communauté humaine favorise sa propre communion avec le sacré. Les flèches écartent les puissances ténébreuses, dissipent les perturbations du cosmos et font naître une nouvelle énergie lumineuse.

En Chine, lors des éclipses, on tire des flèches vers le Loup céleste afin de rétablir l'ordre du monde menacé par les ténèbres. Important détail, puisque la grande lignée initiatique des Sages du Nord prendra volontiers l'habit des hommes-loups. Là encore, les flèches ne cherchent pas à tuer mais à révéler toute l'importance d'une force vitale, symbolisée ici par le loup.

Chez les Golds, qui vivent dans la vallée de l'Amour, on parle ainsi des origines du monde : il y a très longtemps, l'univers était illuminé par trois soleils et trois lunes. Les hommes étaient presque aveuglés et étouffés ; à ces malheurs s'ajoutait le fait qu'ils ne parvenaient plus à dormir en raison des nuits trop claires. Un homme se révolta contre de telles souffrances et tenta une action insensée : prendre un arc et tirer des flèches contre les luminaires.

Son courage et son adresse furent récompensées, puisqu'il parvint à abattre deux soleils et deux lunes. Le rythme de la lumière prit ainsi son cours normal, et l'humanité retrouva le bonheur. Dans un tel contexte, les flèches du héros servirent à anéantir de fausses lumières, des lumières nocives et inharmonieuses. C'est aussi le rôle de l'initié aux mystères des Sages du Nord qui, tout en veillant à la « dynamisation » de la vie, doit également veiller à extirper mauvaises herbes et faux enseignements.

Quand le Créateur lance ses flèches, dans la tradition égyptienne, l'inondation coule à flots pour recouvrir la terre entière. Les prêtres disaient que la crue du Nil naissait d'un tir de flèches sur les eaux. Mithra, à coup de flèches, fera jaillir la source du rocher et, d'après l'analyse de Cumont, Moïse frappant de sa verge le rocher d'Horeb ne fera que réitérer le même acte symbolique.

Dans tous ces exemples, on note le pouvoir fécondateur de la flèche qui fait jaillir la vie en des circonstances et à des endroits où la raison ne trouve pas d'explications logiques. La flèche est ici symbole de l'intelligence intuitive de l'initié qui va directement aux causes vitales.

Pharaon, roi-dieu né de la vache divine, prend possession de l'univers en tirant des flèches dans les quatre directions de l'espace. Le roi est l'archer suprême dont les flèches transpercent les cibles les plus épaisses et ne manquent jamais leur but. Elles entrouvrent la voûte céleste et introduisent la lumière dans des mondes apparemment clos ; pharaon l'archer est le civilisateur par excellence qui s'aventure dans l'inconnu et lui offre la cohérence de l'esprit.

Abaris, l'initié à la flèche, véhicule l'ensemble des valeurs initiatiques que nous venons d'aborder. A travers sa personne, la communauté des Sages du Nord insiste sur la toute-puissance de l'intuition, ce trait de lumière de la pensée humaine qui va directement à l'essentiel.

Une dernière légende nous fera mieux percevoir encore la profonde valeur de ce symbole ; il est dit que, près de l'Irlande, se manifeste de temps à autre une île flottante qui disparaît ensuite sous les flots. Seule une flèche magique, dont la pointe serait rougie au feu, pourrait la rendre fixe.

Cette flèche ne serait-elle pas l'intuition purifiée de l'initié qui, après s'être éprouvé au feu de la rigueur et de l'amour fraternels, ose s'élancer de lui-même vers la Connaissance ?

Fixer l'île flottante est tâche impossible. On peut, à certains moments de grâce, « arrêter » le cours des choses, contempler le secret de la vie et l'intégrer en soi-même. Peut-être ne s'agit-il que d'une illusion, le fleuve vital étant toujours en mouvement ; peut-être s'agit-il d'une illusion nécessaire pour que l'initié franchisse une étape et accède à de nouvelles réalités.

Essayons de les aborder à notre tour en écoutant la voix d'autres initiés aux mystères du paradis nordique.

IX

LES INITIÉS DU SOLEIL CACHÉ
RITES ET TÉMOIGNAGES

Un autre initié aux mystères des sages du Nord doit retenir notre attention : Aristéas de Proconèse, né au VIe siècle avant notre ère.

On sait qu'il occupait d'importantes charges religieuses, notamment celle de prêtre d'Apollon. Philosophe et écrivain, il rédigea une épopée relatant ses incroyables expéditions dans le grand nord.

« Des hommes sont là-bas, affirme-t-il, qui habitent dans l'eau, loin de la terre, au fond de la plaine océane. La souffrance est sur eux, ils ont à trimer dur, leur âme est dans la mer, leurs yeux dans les étoiles ; et bien qu'entre leurs mains de nombreux biens s'assurent, leur perverse fierté sans cesse aux dieux réclame. »

Voilà un texte surprenant, en forme de pamphlet contre les Sages du Nord. L'initié se retourne-t-il contre ses Frères, le disciple rejette-t-il l'enseignement de ses maîtres ?

En réalité, nous semble-t-il, Aristéas nous décrit l'état du néophyte, celui de la pré-initiation. Beaucoup d'auteurs ont parlé des régions qui précèdent le paradis nordique, régions froides et hostiles ; dans le domaine symbolique, c'est une analogie fort claire des parvis qui précèdent l'entrée du temple. Là, tout est épreuve, tout est difficulté.

C'est pourquoi les néophytes dont Aristéas fait la description travaillent dur, les yeux dans les étoiles. Désireux de pénétrer dans le paradis nordique, ils ne reculent devant aucun effort parce qu'ils gardent le sens de l'idéal. L'étoile alchimique, l'axe de lumière qui est en eux les guide à travers le dédale des énigmes sacrées.

La « perverse fierté » des néophytes, leurs incessantes questions aux dieux sont la preuve de leur volonté de connaissance. Cet orgueil, certes, serait définitivement pervers si le néophyte demeurait seul ; lorsqu'il fera partie de la communauté initiatique, il mettra en pratique l'humilité active, l'humilité créatrice née d'un orgueil mis au service d'autrui.

Aristéas nous a donc livré de précieuses informations sur l'état d'esprit des postulants aux mystères nordiques. Grand voyageur, il vécut parmi des peuples bizarres, comme les Issédons ou les Arismapes. Ces derniers possédaient un œil unique, sans doute parce qu'ils pratiquaient une doctrine trop rigide qui nuisait à leur équilibre humain. On retrouve d'ailleurs ces peuples symboliques dans l'iconographie du Moyen Age, notamment à Vézelay. Ils évoquent des potentialités et des obstacles intérieurs dont le pèlerin doit prendre conscience afin de poursuivre sa route vers l'Homme universel.

Aristéas eut la chance de voir s'ouvrir devant lui les portes de la contrée des griffons, gardiens de l'or divin. Là, il eut communication des procédés alchimiques qui lui permettraient d'opérer une transmutation en lui-même. Depuis toujours, les griffons veillaient jalousement sur ce mystère. Ils en écartaient sans pitié les curieux et les êtres indignes.

Nanti de tant de science, Aristéas fut un véritable

prédécesseur de Pythagore. Dans un ouvrage perdu, il exposa les principes ésotériques qui président à la naissance des dieux et, surtout, il expliqua le processus de la transmigration des âmes.

Aristéas connaissait ce problème de l'intérieur et nous devons maintenant conter l'histoire qui le rendit célèbre.

Certains disaient de lui qu'il était « le possédé d'Apollon » et plusieurs érudits estimèrent que son personnage était la preuve de l'existence, dans le monde grec, d'un authentique chamanisme. En se dirigeant vers le paradis nordique, Aristéas mourut soudainement dans la boutique d'un foulon, à Proconnèse. Saisi d'épouvante, le foulon ferma aussitôt afin d'aller prévenir parents ou amis du décédé.

Le brave homme croise sur son chemin un habitant de Cyzique qui lui déclare sans autre forme de procès qu'Aristéas est bien vivant : il vient de le rencontrer alors qu'il partait pour Cyzique, et les deux hommes ont même échangé quelques propos !

Le foulon se précipite vers sa boutique, ouvre la porte en toute hâte, et s'arrête, ébahi : le cadavre a disparu.

Sept ans plus tard, Aristeas manifestera de nouveau sa présence à Proconnèse. Il expliquera à ses concitoyens qu'il vient du lointain pays du Nord où vivent les Sages et que sept ans lui ont été nécessaires pour s'initier. Il apporte la preuve de ses dires en lisant à ceux qui savent entendre un poème sur le paradis nordique et sa communauté.

Aristéas ne s'attarde guère. Après avoir transmis l'enseignement reçu, il disparaît. Deux cent quarante ans plus tard, il réapparait à Métaponte, en Italie du sud. Aussitôt, les habitants de la cité sont subjugués par sa forte personnalité. Il leur révèle son nom et ses aventures et ordonne qu'on construise un temple en l'honneur d'Apollon et qu'on érige une statue à sa propre gloire.

Ces travaux exécutés conformément à ses directives, Aristéas de Proconnèse prit la forme d'un corbeau et s'envola vers le paradis nordique. Personne ne l'a revu depuis ces événements.

Le corbeau noir, c'est-à-dire « le beau corps noir », une des phases de l'Œuvre alchimique. Il est aussi le messager des dieux, l'oreille du monde qui perçoit la pensée des humains et en restitue la quintessence.

Aristéas, en vivant l'extase d'Apollon, montrait à tous l'intensité de la magie nordique. Bien entendu, il ne manqua pas de calomniateurs ; des critiques mal informés ou mal intentionnés décrivirent Aristéas comme un demi-fou, obsédé par l'idée d'un voyage vers le paradis nordique. Il aurait subi plusieurs crises psychiques, un dédoublement de la personnalité, etc. On ramenait donc une « possession » d'ordre initiatique à un simple dérèglement psychologique ; de telles rationalisations sont d'ailleurs courantes à toutes les époques.

Possession d'ordre initiatique, disions-nous ; à première vue, ces termes ne sont guère compatibles et le possédé, « manipulé » par des forces étrangères ne peut être considéré comme un initié, être conscient de sa vérité et de la vérité d'autrui.

La « possession » d'Aristéas, comme celle des chamanes, doit être envisagée d'une autre manière. Dans certaines formes initiatiques, le postulant se met totalement au service d'une puissance divine, il se dépouille des « écrans » individuels qui gênaient le « passage » du sacré. Cette transparence acquise, le postulant ne vit plus dans le monde de l'« avoir » mais dans celui de l'« être ». Il *est* alors, et parce qu'il est, le divin passe à travers lui.

Le postulant ne s'appartient plus ; il devient à nouveau, comme aux origines du monde, un don de Dieu, un « canal » à travers lequel s'exprime la puissance créatrice.

Cela ne veut pas dire pour autant que l'initié est un être passif, amorphe ou en proie à des convulsions nerveuses qui détraquent sa sensibilité. Si l'on sombre dans de tels excès, c'est que la voie initiatique pratiquée est empreinte de déviations et de perversions.

L'apprenti tailleur de pierres, avant d'entrer dans la Loge des Compagnons, devait exécuter son chef-d'œuvre. S'il appliquait bien les règles de l'Art, il était réellement « possédé » par la Pierre fondamentale de toutes les cathédrales qu'il exprimait avec son génie propre.

Le rôle d'Aristéas consistait aussi à témoigner de la maîtrise que l'initié exerce sur son âme et de la nécessité de la résurrection. Pour employer des termes lapidaires, on pourrait dire que seul l'homme qui ressuscite est un homme véritable. Selon l'enseignement des Sages du Nord, cette résurrection ne se situe pas dans un avenir plus ou moins hypothétique, mais elle s'effectue ici-bas et dès maintenant, ce qui rejoint d'ailleurs la pensée de grands symbolistes chrétiens, tel Maître Eckhart.

Maîtriser son âme, c'est lui donner l'impulsion juste au moment juste, rechercher sans cesse ce dynamisme intérieur qui soulève les montagnes et purifie l'homme de ses problèmes égoïstes pour l'élever vers l'amour de la vie sous toutes ses formes.

Un autre initié aux mystères du paradis nordique, Hermotime de Clazomènes, insista sur cette partie de l'enseignement initiatique. Son âme quittait son corps à volonté, parfois pendant de nombreuses années ; elle voyageait dans ce qu'il est convenu d'appeler l'« au-delà » et y recueillait des messages prophétiques. Après ses longs voyages, il devenait capable de prédire l'avenir et d'éviter de nombreux désagréments à ceux qui l'écoutaient. On supposait qu'Hermotime était une incarnation antérieure de Pythagore ; son âme, écrit Guthrie, « était son moi conscient et philosophique qui, au sens grec de ce mot, recherchait le savoir et la sagesse. »

Un événement dramatique brisa la destinée d'Hermotime de Clazomènes. Un jour, pendant que son âme voguait dans l'immensité des sphères, de cruels ennemis brûlèrent son corps. Jamais l'âme d'Hermotime ne put retrouver son « abri ».

Cette légende symbolique est originaire d'Egypte. Les prêtres y enseignaient qu'un aspect immatériel de l'être, le *ba* (que l'on pourrait peut-être traduire par « puissance énergétique » ou, plus exactement, par « puissance intérieure permettant à l'énergie sacrée de passer à travers l'homme et de se manifester ») se détachait périodiquement du corps, partait se régénérer aux sources de l'énergie céleste puis réintégrait le corps. Aussi était-il essentiel de figurer ce « corps » par divers symboles afin que le *ba* ne soit pas privé de support.

A l'initié de toujours préserver l'harmonie entre sa faculté de détachement du monde matériel et la nécessité d'incarner sur la terre ce qu'il a perçu dans le monde céleste ; s'il se privait d'une base tangible et concrète, son esprit se perdrait vite dans les nuées et, surtout, il ne se mettrait plus lui-même à l'épreuve.

Epiménide de Crète fut un membre illustre de la confrérie des Sages du Nord, surtout parce qu'il initia Pythagore à ses mystères. Mais il vécut sa propre aventure qui mérite d'être relatée.

L'époque de sa vie est totalement incertaine, VIIe siècle selon les uns, IIIe ou IIe selon les autres ; il naquit soit à Phaestos soit à Cnossos, grandes cités sacrées de l'île de Crète où les Grecs puisèrent leurs plus profondes traditions religieuses.

Les Grecs vouaient à l'initié Epiménide une reconnaissance éternelle, parce que, vers l'an 600, il avait vaincu l'horrible peste d'Athènes en purifiant la ville de ses « tares » psychiques. Supplié par Solon de venir en aide à une population désespérée, Epiménide ne se répand pas en lamentations, au contraire ; il accuse les Grecs d'impiété et consent à exercer ses talents si ce ramassis de barbares lui obéit au doigt et à l'œil. Devant l'urgence de la situation, il faut bien accepter l'autorité du mage.

Epiménide interdit aussitôt aux Athéniens de pratiquer certains rites de funérailles qu'il juge néfastes. A son avis, la peste est un juste châtiment pour des êtres perpétuellement agités qui n'ont plus aucune notion de la paix intérieure et qui bafouent sans cesse la justice.

L'intervention d'Epiménide est pleinement couronnée de succès. Son diagnostic était juste ; les Athéniens, en se guérissant de leurs maux intérieurs, se débarrassent de la peste.

Le mage purifiera ensuite d'autres villes, notamment Délos, des champs, des maisons, des objets de toute sorte. Les Grecs estimaient qu'il avait été le premier à posséder cette science magique expulsant les maléfices des choses inanimées comme des êtres vivants.

Epiménide n'agissait pas par goût de l'exploit. Il cherchait avant tout la libération spirituelle de ceux qu'il délivrait de leurs entraves et il n'hésitait pas à se montrer sévère ; dix ans avant la guerre médique, il prédit aux Grecs la défaite. Il voyait, peut-être avec regret, que les fautes psychiques accumulées par le peuple grec, sa croyance en une raison destructrice de sacré, finiraient par se retourner contre lui.

Epiménide, ne l'oublions pas, n'est pas un Grec mais un Crétois. Il est né dans une île située à l'écart du monde hellénique et de ses travers ; en Crète comme en Egypte se développa une civilisation initiatique aux mille splendeurs dont les Grecs ne perçurent que quelques reflets. Et c'est précisément à travers la Crète que nous savons comment Epiménide fut doté de pouvoirs magiques.

Adolescent, il fut envoyé par son père à la recherche d'une brebis perdue dans la montagne. A l'heure la plus chaude du jour, il s'aventura dans les rochers sauvages de l'île de Crète, et, soudain, il découvrit une vaste caverne où il pénétra sans hésiter. Le jeune Epiménide venait de découvrir l'antre de Zeus, le grand dieu crétois. Très vite, l'audacieux sombre dans un profond sommeil ; il voit les dieux, la Vérité, la Justice. Ces extraordinaires puissances s'entretiennent avec lui et lui révèlent de nombreux secrets de la vie divine.

Le sommeil sacré d'Epiménide dura au moins un demi-siècle, et probablement cinquante-sept ans. Cette longue méditation fut aussi une longue initiation ; on sait, en effet, qu'Epiménide appartenait à la confrérie très fermée des Courètes crétois, caste de prêtres qui exigeait des postulants une préparation très poussée.

Epiménide, écrit Plutarque, « était cher aux dieux et, en matières divines, possédait la sagesse inspirée d'un initié ». Appelé « le nouveau Courète », il s'instruisit dans la grotte de Zeus de tout ce qui concerne les arts divinatoires et magiques.

Ses Frères crétois le choisirent comme ambassadeur ; investi à la fois par les Courètes et les Sages du Nord, Epiménide jouissait d'une force exceptionnelle. Il vécut, dit-on, plus de cent cinquante ans sans manger et sa puissance vitale ne s'en trouva pas diminuée. De stature impressionnante, il étonnait aussi par le nombre de tatouages qu'il portait sur le corps ; comme il est de règle dans de nombreux « clans » initiatiques, les tatouages traduisent dans la chair de l'initié les degrés de Connaissance qu'il a franchis.

Cet athlète de la magie vécut au moins deux siècles, sinon trois, grâce à une potion végétale dont la formule lui avait été communiquée par les Nymphes ; il la conservait dans un sabot de taureau, emblème du roi qui sacralise la terre en la parcourant.

La tradition a enregistré un curieux enseignement d'Epiménide ; pour lui, deux principes dominent le monde : l'Air et la Nuit. Ensemble, ils créent le Tartare. De là naissent deux êtres qui engendrent l'œuf du monde d'où provient tout ce qui existe. Epiménide développait ainsi le thème des « dualités », les couples divins s'engendrant les uns les autres jusqu'à la naissance de l'humanité. Le rôle de l'initié consiste précisément à parcourir cette chaîne des dualités pour retrouver l'unité primordiale et vivre au-delà de l'Air et de la Nuit.

Persée, ancêtre direct d'Héraclès, accomplit un immense exploit en coupant la tête de Méduse. Rendu invisible par le casque d'Hadès, protégé par les dieux, Persée fut amené à prouver son courage pour délivrer l'humanité d'un fléau. Sur l'ordre de Zeus, le héros devint une constellation, rejoignant ainsi le milieu cosmique d'où il était issu.

Cette « cosmisation » du héros purificateur, qui est présente dans tout l'ancien Proche-Orient et même dans l'Occident chrétien, nous apprend que l'initié se délivre de son individualité pour entrer dans le « grand corps » de l'univers, symbolisé par la communauté. Persée, dit une légende, aurait tué Dionysos en le noyant dans le lac de Lerne ; il s'agit d'une des variantes du mythe célèbre où le disciple tue le maître afin de « devenir son esprit », de « manger sa sagesse ».

Meurtre rituel, bien entendu, que des érudits trop pressés réduisirent à une tuerie.

Persée est l'un de nos guides vers le paradis nordique puisqu'il parvint à y pénétrer. Malheureusement, il resta muet sur son itinéraire et sur les épreuves particulières qu'il eut à subir ; mais Persée assista à une scène symbolique de la plus haute importance.

Le héros, en effet, vit des chœurs de jeunes filles exécuter des danses tournoyantes avec une grâce infinie. Il vit ces mêmes jeunes filles accomplir des hécatombes d'ânes en l'honneur du dieu de la Lumière.

Les congrégations féminines du paradis nordiques perpétuaient ainsi le mouvement de l'univers, reproduisant par leurs cercles dynamiques l'harmonie des sphères ; le sacrifice des ânes purifiait sans cesse le pays des sages, ouvrant le chemin le plus large à la lumière d'Apollon.

En Orient comme en Occident, les danses sacrées des femmes initiées visent d'une part à reproduire l'ordre du monde sur la terre et, d'autre part, à le prolonger par une prise de conscience ; les Sages du Nord, nous le constatons une fois encore, pratiquaient ces rites fondamentaux dont ils sont peut-être les créateurs.

Parmi les initiés notoires aux mystères nordiques, il faut citer aussi Héraclite d'Ephèse qui eut également connaissance de l'ésotérisme égyptien ; Phérécyde, de l'île de Syros, qui modifiait par magie les lois de la nature et fit de nombreux miracles ; Crésus et ses filles qui, après s'être purifiés au feu d'un bûcher symbolique, furent transportés par les airs au milieu de la communauté.

On pourrait évoquer beaucoup d'autres initiés, plus ou moins connus, qui témoignèrent de leur appartenance à la confrérie et reçurent la mission d'en révéler tel ou tel aspect.

Les témoignages qui nous sont parvenus ne manquent pas de clarté ; ils ont précisé nombre de points obscurs, dévoilant une partie importante de l'enseignement des Sages du Nord.

Il nous reste, néanmoins, à entendre les voix de trois initiés : Olen, Empédocle et Pythagore qui, par l'intensité de leur action, propagèrent leurs convictions d'une manière durable.

X

LES INITIÉS DU SOLEIL CACHÉ ET LA RÉVÉLATION PYTHAGORICIENNE

D'Olen à Pythagore, la communauté des Sages du Nord traça une ligne directe qui eut pour but, à notre sens, de mettre en lumière l'attitude intérieure et le mode de vie des initiés au soleil caché.

Quand les Galates attaquèrent Delphes avec la ferme intention de détruire la ville sainte, deux fantômes armés, pleins d'une fougue effrayante, mirent en fuite l'armée des barbares.

Ces deux fantômes protégeaient avec beaucoup de vigilance le site de Delphes parce qu'un de leurs Frères, nommé Olen, y avait fondé un oracle devenu célèbre dans le monde entier.

Olen, qui appartenait à la confrérie des « Loups », vint du paradis nordique pour offrir aux Déliens le sens de l'initiation. C'est pourquoi il composa de nombreux poèmes racontant l'histoire des Sages du Nord et traduisant en termes simples leur enseignement. En respectant les rythmes poétiques et par un simple effort de mémoire, les Grecs pouvaient ainsi transmettre oralement le message d'Olen.

Au cours des fêtes et des cérémonies publiques, les Déliens célébraient la gloire du paradis nordique en chantant ou en récitant les œuvres du poète initié. Ce dernier étant aussi le premier prophète d'Apollon, il fonda une lignée sacerdotale qui, outre ses fonctions religieuses conventionnelles, préserva l'héritage symbolique venu jusqu'en Grèce.

Olen est donc le prototype de l'initié nordique qui incarne dans une œuvre les idées à transmettre. Il ne se contente ni d'une doctrine ni d'une théorie ; par la création artistique, en l'occurrence une poésie chantée, l'expérience spirituelle demeure éternellement vivifiante et véhicule des forces de transmutation que n'altère pas le temps. Aussi Olen peut-il être considéré comme l'un des ancêtres de tous les initiés « opératifs », qu'il s'agisse d'un travail intellectuel ou manuel.

Avec Empédocle, nous rencontrons la personnalité fulgurante d'un penseur qui fut parfois adoré à l'égal d'un dieu. Sans nul doute, Empédocle acquit sa force de caractère dans la communauté des Sages du Nord ; il y reçut également la formation des thaumaturges et accomplit à plusieurs reprises son devoir de guérisseur des âmes et des corps.

Dans l'ancien monde, on estimait qu'Empédocle avait eu de nombreux contacts avec les initiés des communautés orphiques et pythagoriciennes ; or, nous savons que ces « branches » initiatiques sont issues de l'arbre gigantesque planté dans le paradis nordique.

« Je suis vénéré, affirmait Empédocle aux Grecs, lorsque je me présente dans vos fières cités, devant les hommes et les femmes ; ils m'accompagnent par milliers pour voir où mène le chemin vers la récompense suprême. » Déclaration dont les termes pourraient paraître trop prétentieux et qui, en réalité, développe de la manière la plus directe le thème du rayonnement de l'initié.

Héritier d'Abaris, d'Aristéas et d'Hermotime, dont la réputation de sagesse était grande, Empédocle fut à la fois un prêtre purificateur et un homme capable de « voir les choses célestes ». Le grand prêtre d'Héliopolis, en Egypte, avait pour titre « le Grand des voyants » et cette appellation symbolique fut souvent reprise par la suite ; il ne s'agissait pas tant d'un « voyant », au sens moderne du mot, que d'un être capable de voir la vie en face, c'est-à-dire de créer son propre chemin en conformité avec le chemin des dieux.

Appliquant l'enseignement reçu, Empédocle se présenta comme un « grand voyant » qui dépassait le monde des apparences pour dévoiler les réalités mystérieuses de la nature.

Circulant parmi les mortels à la manière d'un immortel, Empédocle apaisait les vents furieux et ressuscitait les morts ; toujours vigilant, il purifiait par des rites secrets tous les endroits où il passait. Seul Timée de Sicile consentit à faire une révélation sur ce sujet : « Une fois que les vents étésiens soufflaient avec une force telle que les fruits se gâtaient, Empédocle ordonna d'écorcher des ânes et de confectionner avec leurs peaux des outres qu'il fit déposer sur les crêtes et les sommets pour recueillir le vent ; et comme ils s'apaisèrent, on l'appela l'apaiseur des vents. »

Nous avons vu plus haut que ce rite surprenant est originaire d'Egypte ; assumant le rôle des dieux pourvoyeurs de lumière, Empédocle utilise l'âne maléfique à bon escient. Opposant une force négative à une autre force négative, il réalise un processus magique très efficace ; seule la peau d'âne, en effet, peut contenir la puissance destructrice du vent déchaîné.

Empédocle, par conséquent, est un véritable « guerrier » envoyé dans le monde par ses Frères pour y maintenir un certain idéal de beauté et d'harmonie. Parlant de ceux qui lui avaient tout donné, Empédocle disait : « Ils vivent sous le même toit, s'assoient à la même table que les immortels, sans que les souffrances humaines puissent les atteindre, les tourmenter ou les vaincre. »

Les initiés au soleil caché ignorent la souffrance, non parce qu'ils la nient, mais parce que leur voyage intérieur les a conduits au-delà des joies et des peines ; vivant en communion avec la création perpétuelle de la vie, ils sont toujours en mouvement et sont une illustration parfaite du proverbe « ni vice ni vertu ne franchiront jamais la porte du Paradis ».

Empédocle est l'exemple même de l'initié dont la fierté n'est pas une baudruche vite éclatée ; refusant toute fausse modestie, il n'hésite pas à proclamer son appartenance à un ordre initiatique dont le prestige est immense.

*
* *

Abaris, Hermotime, Empédocle... Nous avons célébré la mémoire de plusieurs Frères de la communauté des Sages du Nord. Nous avons rappelé plusieurs de leurs hauts faits, soulignant l'importance de ces personnages à l'action souterraine. L'histoire les avait oubliés, la permanence de la tradition initiatique occidentale les remet en lumière.

Il est temps à présent, d'évoquer le plus célèbre des initiés au soleil des Sages du Nord, celui qui augmenta d'une manière extraordinaire le renom de la confrérie. Nous voulons, bien entendu, parler de Pythagore, fils d'Apollon.

Rarement relations entre un homme et un dieu furent aussi étroites, aussi permanentes. Pythagore est une émanation directe de la lumière apollinienne, le symbole vivant de son rayonnement. Considéré comme la réincarnation d'Apollon, Pythagore est « celui qui exprime le dieu Pythien ». En toutes occasions, il célèbre son nom et vante ses mérites ; en pleine guerre samnite, il ordonne au comitium romain d'élever une statue à Apollon, jugeant qu'il s'agit là de l'activité la plus nécessaire.

Un texte de Porphyre nous apprend que Pythagore fut initié aux mystères déliens, ces derniers n'étant qu'une traduction grecque des mystères du paradis nordique ; à Délos, en effet, Pythagore découvrit le secret des Vierges venues du Nord. Il le découvrit d'autant plus facilement qu'il faisait lui-même partie de la confrérie ; en réalité, Pythagore permit aux Déliens de prendre conscience de leur trésor intérieur en interprétant pour eux la signification de nombreux symboles.

C'est en Crète que Pythagore fut initié aux mystères de Zeus. Nous connaissons les étapes de la cérémonie, les « mystères de Zeus » n'étant, eux aussi, qu'une transposition des mystères nordiques. C'est Epiménide, dont le nom nous est familier, qui montra à Pythagore le chemin de la Connaissance. Epiménide était l'un des dignitaires de la communauté des Courètes dont les rites guerriers remontaient à la plus haute antiquité ; les Courètes frappaient leurs boucliers avec des épées, dansant avec frénésie. Cette débauche d'énergie avait, selon les mythes, un but précis : faire suffisamment de vacarme pour que le terrible Cronos n'entende point les vagissements de Zeus nourrisson. Les Courètes protégeaient de la sorte le dieu de la lumière céleste, nourri par la chèvre Amalthée.

Epiménide, l'un des chefs religieux crétois, reçoit donc Pythagore qui désire s'initier aux mystères. Sa vie passée plaide en faveur du grand voyageur, sa rigueur morale et son intelligence apte à saisir le sens secret des symboles sont également des armes non négligeables.

La communauté des Courètes accepte d'ouvrir à Pythagore les portes du temple. Ce dernier est symbolisé par une grotte où les dieux gestèrent l'univers ; sur l'invite d'Epiménide, Pythagore mange les fruits de l'arbre sacré, planté à l'entrée de la grotte. Le postulant introduit la vie en lui, il réalise la parole sacrée : « Ce n'est pas le fait de naître qui est la vie, mais la conscience. »

Nourri par l'arbre de vie, Pythagore abandonne une conception profane de l'existence pour participer à l'existence d'une communauté initiatique. Désormais, c'est en lui-même et parmi ses Frères qu'il découvrira les causes de toutes choses, les résonances entre l'homme et le divin.

Cette « nourriture » éternelle absorbée, la cérémonie se poursuit. Epiménide purifie Pythagore avec une pierre de foudre, un feu tombé du ciel ; les traces d'impureté qui souillaient encore le néophyte sont brûlées. Dans les cendres de son passé, il trouvera pourtant les éléments nécessaires à son évolution. Rien n'est détruit, tout est transmuté.

C'est précisément à cette transmutation que la communauté initiatique va maintenant procéder. Epiménide vêt Pythagore d'une toison d'agneau noir ; puis les initiés se saisissent du corps du néophyte et le descendent au plus profond de la grotte, au cœur de la matrice cosmique.

Tel un fœtus, Pythagore demeure toute une nuit à l'intérieur de cette peau noire, image de la « Matière Première » qui, à l'intérieur d'elle-même, génère une vie nouvelle. La communauté initiatique exerce son influence magique sur ce corps apparemment inerte afin, dans un premier temps, de « disloquer » les éléments disharmonieux qui le composaient. Elle « reconstitue » ensuite les éléments dynamiques qui transforment le profane en initié et lui donnent une nouvelle « âme ».

A son réveil, Pythagore fut placé devant d'immenses

responsabilités. Bien qu'il ait été initié virtuellement, il lui fallait à présent rendre réelle son « illumination ». Pendant sept années, Pythagore apprendra de ses Frères les lois de la création et la manière de les utiliser harmonieusement ; il mettra au point son propre enseignement et, nourri d'une expérience communautaire irremplaçable, il offrira à son tour les bases d'une vie initiatique où chacun reste lui-même en servant ses Frères.

Pythagore, disait le peuple, a une épaule d'or et une cuisse d'or. On prolongeait ainsi une tradition ésotérique ; les parties du corps d'un initié, en effet, sont souvent transformées en un métal précieux, l'or le plus souvent. L'initié est par nature « incorruptible », en ce sens que ses constantes purifications ne laissent aucune prise à une conception matérialiste de la vie.

Des témoins dignes de foi ont vu Pythagore en plusieurs endroits au même moment ; il s'agit, bien entendu, du « symbole Pythagore », de l'image rayonnante du Maître Spirituel dont la présence est indépendante des conditions spatiales et temporelles. L'initiation pythagoricienne exige précisément de l'individu un dépassement de ses particularismes, afin qu'il découvre son identité profonde avec les autres êtres vivants ; s'il y parvient, il entrera dans cette personnalité réelle qui foisonne de joie.

Pythagore comprend le langage des animaux, parce qu'il parle toutes les langues révélées par Dieu aux créatures. Les aigles se posent sur sa main, l'oiseau qui contemple le soleil en face reconnaissant en Pythagore l'initié qui contemple en lui la lumière du premier jour.

Par le biais du pythagorisme, nous recueillons un certain nombre d'enseignements intiatiques transmis par les Sages du Nord. En les examinant, nous ferons avancer notre enquête d'une manière assez nette.

En premier lieu, l'initié est l'homme qui admet l'existence de toutes les autres formes religieuses et de tous les autres cultes, à condition qu'ils ne cherchent pas à détruire la dignité humaine. Non pas une tolérance passive, mais une connaissance et un respect des formes adoptées par l'esprit humain pour aller vers la plénitude.

L'initié sacrifie chaque matin au soleil levant, parce qu'il est capable de se purifier et de se libérer au contact de ses Frères ; un tel rite n'a rien de « naturiste » ou, plus exactement, il ne se contente pas d'être une adoration des phénomènes naturels. Faire lever le soleil est un devoir de l'initié ; sans son action, disaient les Anciens, l'astre du jour n'est qu'une lumière morte et les hommes ne font que s'agiter dans leur nuit intérieure.

Enfin, l'initiation pythagoricienne exige une ascèse fondée sur la prière, le respect des rites et la lucidité vis-à-vis de soi-même et des autres.

Toutes ces qualités sont exigées de celui qui part à la recherche du paradis nordique. Pythagore avait d'ailleurs fondé une communauté comprenant trois cercles ; le premier, d'ordre politique et social, comprenait les « grands » de l'époque qui souhaitaient donner une réelle noblesse à leur action. Le second, d'ordre moral, rassemblait hommes et femmes de bonne volonté qui refusaient d'adopter la jouissance comme seul guide de leur existence et recherchaient une authentique pureté. Le troisième cercle était de nature ésotérique ; nous venons d'exposer quelques-unes de ses exigences qui correspondent à la spiritualité des Sages du Nord.

Pythagore était proche de l'esprit de la religion étrusque. La seule influence grecque que les Anciens admettaient sur les Etrusques était précisément celle de l'initié de Samos ; l'art étrusque, de fait, est centré sur la mort du profane et la résurrection de l'initié. Il est certain, d'autre part, que les communautés esséniennes, où le Christ reçut un enseignement ésotérique, s'inspirèrent des modes de vie et des traditions pythagoriciennes. De plus, les druides gaulois reconnaissaient volontiers Pythagore comme leur Maître spirituel ; ils prolongeaient ses idées sur la transmutation de l'âme et reprenaient les règles pythagoriciennes pour diriger leurs propres collèges initiatiques.

Une autre transmission, assez extraordinaire, mérite d'être mentionnée. D'après le penseur chrétien Origène, c'est le Scythe Zalmoxis qui révéla aux Druides le message de Pythagore. Ce Zalmoxis était un serviteur de Pythagore qui, une fois libéré de sa condition d'esclave, s'était enrichi. Il retourna chez les Thraces où il fit construire une grande salle afin d'y célébrer des banquets rituels. Là, dans une atmosphère fraternelle et recueillie, Zalmoxis enseignait aux convives que la mort n'existait pas ; tous les êtres, d'après ses paroles, « iront en un lieu où ils survivront toujours et jouiront d'une complète félicité ».

Cette allusion symbolique désigne de la manière la plus claire la communauté des Sages du Nord ; selon ses directives, Zalmoxis fit d'ailleurs creuser une chambre souterraine où, après avoir averti ses Frères, il vécut trois ans dans la solitude la plus complète.

Le peuple thrace le croyait mort. Soudain, Zalmoxis reparut. Se personnalité, plus affirmée, était aussi plus rayonnante. Chacun remarqua le signe qu'il portait au front, marque de son appartenance à une communauté initiatique.

C'est dans le nom même de « Zalmoxis » que les Sages du Nord introduisirent de nouveaux points de repère. Ce nom, en effet, désigne à la fois un dieu, un personnage de légende, un chant, une danse et une peau d'animal (probablement celle d'un ours).

Autrement dit, la célébration secrète du rite comprend la vénération d'un principe divin que les Sages évitaient de définir d'une manière rationnelle et discursive. Ce principe divin est essentiellement un « mouvement », une mutation d'énergie. Pour mieux le connaître, il faut pratiquer les « légendes », ce que l'on doit lire. A travers les fables et les contes, on entend la voix des Maîtres d'autrefois, de ceux qui vécurent une expérience spirituelle et en restituèrent l'essentiel à l'aide des symboles. Chant et danse dynamisent le rituel ; par eux, les initiés communient dans un même acte, ressentent les mêmes vibrations. La peau d'animal, enfin, est l'accessoire principal de la cérémonie où l'« enveloppe profane » du postulant est transformée en vêtement d'initiation.

Le personnage de Zalmoxis constituait donc un remarquable élément de transmission pour les Sages du Nord ; comme il arrive à certaines époques, les rites les plus secrets étaient exposés aux regards de tous afin de favoriser la multiplication des éveils.

Quelques interprètes constatèrent que les Grecs, en Scythie et en Thrace, étaient entrés en contacts avec des peuples qui pratiquaient le chamanisme et sa magie. On remarque, d'autre part, que les chamanismes gréco-scythe et sibérien ont plusieurs points communs, notamment l'importance symbolique de la flèche, le thème de la retraite initiatique, celui du voyage dans les entrailles de la terre ou du pouvoir sur les animaux.

Ces remarques prouvent que la tradition des Sages du Nord s'était très largement répandue dans le monde antique et que chaque nation l'avait adaptée en fonction de son génie propre.

Les initiés au soleil caché ont été pour nous des guides précieux ; chacun d'entre eux nous a fait partager un mode de vie, une vision particulière du secret que nous recherchons. Pour continuer notre voyage, il nous faut maintenant découvrir l'immense paysage où se dresse l'arbre du monde et apprendre à parler son langage : celui des runes.

XI

L'ARBRE DU MONDE
ET LE MYSTÈRE DES RUNES

Les civilisations de l'Europe du Nord, nées de cultures archaïques au foisonnement symbolique exceptionnel, étaient ouvertes à la pensée celtique, aux religions slaves et à l'intellectualisme gréco-latin. Aussi étaient-elles des creusets toujours en activité, des foyers de création où les initiés se sentaient particulièrement à l'aise.

De plus, l'Europe du Nord était le « débouché » immédiat des Sages du soleil caché qui exerçaient directement leur influence spirituelle dans ces régions. Les dieux essentiels de l'Europe du Nord portent un nom significatif : « Les Re-nés », c'est-à-dire les forces spirituelles issues de la renaissance initiatique de l'être. Plus que la bière des banquets rituels et que la chair jamais épuisée du sanglier céleste, ils aiment la présence des « Tables d'Or », venues des prairies éternellement vertes d'un mystérieux paradis.

Ces Tables d'or demeurent très énigmatiques. Pour certains érudits, il s'agirait d'une sorte de jeu de hasard où le héros engage sa destinée. On rejoindrait ainsi la conception de l'écrivain Hermann Hesse qui, dans son ouvrage intitulé *le Jeu des perles de verre*, expose le « fonctionnement » de la communauté initiatique dont il faisait partie. Par le jeu, l'homme apprend à connaître les rythmes de l'univers. Il participe aux mutations incessantes du cosmos, il ne prend plus rien au sérieux tout en accordant le maximum d'importance à chaque être et à chaque chose.

Les Tables d'or des initiés nordiques enregistraient, à notre avis, les « règles du jeu » de l'univers et offraient au guerrier les armes de son incessant combat. Rien de figé ni de définitif, par conséquent, mais les éléments indispensables à la conquête de la Connaissance.

La Saga de Fridtjof donne la description d'un lieu merveilleux où vit la belle princesse aimée par le héros ; or, ces lignes ainsi introduites dans un récit connu de tous dévoilent des détails importants sur la cité des Sages du Nord :

« Baldershage était un lieu sacré, sur le fjord, en face de Framnes. On y voyait de beaux palais, des champs cultivés et bien ordonnés où croissaient les fleurs et les buissons odorants ; l'air y était calme et chargé de douces senteurs ; une large grève descendait vers l'eau parmi de verts bocages. Là étaient honorés les dieux du Nord dont les statues de bois peuplaient les temples et, par-dessus tout, Balder, le dieu d'Amour. Jamais la paix de cet endroit saint ne devait être troublée : ni haines, ni combat, ni rien qui ressemblât aux misères et aux passions humaines ; nul n'y pouvait tuer, fût-ce le plus chétif animal... »

Nous connaissons déjà le thème de la paix fraternelle qui règne dans la communauté des Sages du Nord. Elle est ici magnifiée avec beaucoup de foi et, à lire l'auteur ancien, on a véritablement l'impression que ces hommes avaient réussi à vaincre la haine et l'envie. L'Amour qui régnait là n'était pas passivité, mais connaissance et respect de toutes les formes de la vie.

La saga nous apprend que les adeptes avaient

construit une véritable cité où artisans et agriculteurs exerçaient leur art. Instruits des proportions sacrées, ils pouvaient créer les statues des dieux et obtenir de la Terre-Mère ses plus beaux dons. Il ne s'agissait pas, par conséquent, d'une communauté d'oisifs ; chacun y occupait une fonction au service de ses Frères, et tous se réunissaient dans le culte célébré à l'intérieur des temples. Le nombre de ces derniers n'est pas précisé ; on peut supposer que chaque temple, comme il était de règle chez les Anciens, se consacrait à un aspect particulier du Principe unique. De la sorte, la multiplicité des voies humaines subsistait sans pour autant dénaturer l'unique origine de la vie.

Sur une plaque de bronze utilisée pour la décoration d'un casque et découverte en Suède orientale, on voit une scène connue dans la tradition universelle : un chevalier, armé d'un javelot, vainc un serpent qui se tord aux pieds de son cheval. Derrière et devant le chevalier, un oiseau. On identifie sans peine le thème du dieu solaire qui triomphe des forces ténébreuses. L'Horus égyptien et l'Apollon grec sont identiques au chevalier nordique dont les deux âmes, symbolisées par les oiseaux, se meuvent à leur gré. Ame humaine et âme divine deviennent indissociables, parce que le chevalier, loin de tuer le serpent de l'intelligence, lui donne la lumière par le trait jaillissant de la lance.

Odin, le dieu au javelot, rappelle cette nécessaire illumination de la conscience. Sans elle, sans le trait fulgurant qui déchire le voile de l'ignorance passive, nul voyage n'est possible. L'immense savoir d'Odin provient précisément de sa vision spirituelle, constamment renouvelée ; c'est pourquoi on le surnomme « le crieur », « le hurleur », la voix du dieu sortant les hommes de leur torpeur et leur transmettant l'inspiration magique.

Si les dieux nordiques et leurs adorateurs sont bien

les fils du soleil, un personnage mythologique semble issu d'une manière encore plus directe de la symbolique des Sages. Siegfried, le vainqueur du dragon, avait été élevé dans une forêt profonde par un forgeron nain. La forêt joue dans la légende le rôle de la grotte ; dans ce milieu matriciel, le forgeron est le Maître d'Œuvre qui manie avec sagesse les forces de création pour créer ce chef-d'œuvre inégalable : un nouvel initié.

Siegfried, nanti de l'enseignement du forgeron, deviendra roi de la mer. En compagnie de ses Frères, il partira à l'aventure pour conquérir les espaces infinis. Eternel pèlerinage des initiés, pèlerinage sans fin qui oblige le voyageur à ne jamais s'endormir sur ses victoires.

Siegfried, maître du feu et maître de l'eau, possède un visage d'une jeunesse extraordinaire ; ses yeux brillent d'une lueur surnaturelle, de lui émane une clarté non-humaine. Siegfried est ce soleil caché des Sages du Nord qui se manifeste sous la forme d'un dieu ou d'un héros ; les Niebelungen croiront tuer le soleil, ils ne feront que l'obscurcir avant sa prochaine manifestation.

C'est dans le cadre religieux privilégié de l'Europe du Nord que les Sages créèrent une écriture symbolique très originale, les Runes. Bénéficiant de la présence des dieux, de la puissance des héros, de la magie des chants et des rites, ils procuraient aux hommes un nouveau mode de transmission, un langage sacré.

Certes, les anciennes écritures de l'Egypte, de la Chine et de l'Inde remplissaient cette même fonction ; mais l'Europe du Nord exigeait une forme plus spécifique, d'autant plus que les Druides celtiques n'utilisaient qu'un enseignement oral.

Les Runes furent utilisées en Scandinavie, dans la Germanie à l'est du Rhin, par les Alamans, les Burgondes, les clans de l'Angleterre ancienne et sans doute par les Francs et les Goths. Ils assuraient donc une permanence de la tradition ésotérique occidentale et joignaient religieusement des ethnies aux mentalités différentes, voire opposées.

« On entend par "écriture runique", écrit Lucien Musset, l'écriture qui servit, antérieurement à l'alphabet latin, puis concurremment avec lui, à transcrire diverses langues germaniques à partir du troisième (peut-être du deuxième) siècle de notre ère et jusque vers le quatorzième siècle. » Cette opinion, généralement admise parmi les érudits, n'est qu'une hypothèse parmi tant d'autres ; si l'on sait avec une certitude relative que l'emploi des runes se termine au quatorzième ou au quinzième siècle, il est encore impossible de dater leur création.

On voulut faire dériver les runes de l'alphabet grec ou de l'alphabet latin ; la thèse fut combattue et l'on affirma que l'écriture nord-étrusque était la plus proche des runes. Puis on avança l'hypothèse d'une origine germanique propre avec, comme antécédents, des gravures rupestres préhistoriques de Scandinavie. La théorie la plus élaborée consiste à dire que des tribus germaniques proches du moyen Danube empruntèrent une écriture à leurs voisins du sud qui utilisaient un alphabet nord-étrusque ; puis la transmission s'effectua vers les pays nordiques, d'abord vers le Danemark.

Ces querelles d'érudition se cantonnent dans le domaine de la linguistique et s'attachent à un passé matériel qu'il est difficile, sinon impossible, de reconstituer. Les résultats, même rigoureusement exacts, n'auraient d'ailleurs qu'un intérêt secondaire puisque les runes avaient un but initiatique et non linguistique au sens étroit du mot.

La totalité des textes runiques est gravée sur des pierres, des bijoux, des armes, des monnaies ; dans la plupart des cas, on est présence d'objets rituels qui eurent un rôle dans les cultes civils ou privés. Vers 200 avant Jésus-Christ, une écriture runique parfaitement cohérente est tout à fait achevée ; est-elle née sur place ou a-t-elle été empruntée à une autre civilisation ?

Sur le continent, les runes disparaissent, semble-t-il, vers le VIIIe siècle ; elles renaissent au IXe dans les pays nordiques. A l'âge des Vikings surgit donc une nouvelle écriture runique ; le nombre de signes est réduit, mais l'architecture de base demeure la même. Charlemagne, remarquons-le, refusa de ressusciter les runes ; il aurait pu les imposer comme écriture religieuse, mais préféra les laisser sombrer dans l'oubli. L'âge des cathédrales se préparait dans les ténèbres, un autre vocabulaire symbolique venu d'Orient s'affirmait peu à peu.

Il est évident que les runes ne sont pas liées à la conception chrétienne de la civilisation ; profondément ancrées dans le génie nordique, elles sont nourries de ce « paganisme » longtemps traité avec dédain qui est, en réalité, la volonté de maîtriser les forces naturelles et de connaître leurs causes surnaturelles. C'est pourquoi, à la fin du XVIe siècle, lorsque le christianisme aura définitivement vaincu les cultes dits « païens », on excommuniera ceux qui utilisent encore les runes. Bien entendu, cette attitude fanatique ne fera que plonger dans le secret le plus strict les initiés qui connaissaient la signification ésotérique de cette écriture ; à l'heure où nous écrivons ce livre, nous savons que les véritables traductions des textes runiques n'ont pas été livrées au public.

L'histoire et la linguistique ne nous renseignent guère sur la valeur sacrée des runes ; interrogeons donc la mythologie sur l'origine de l'écriture des Sages du Nord.

Le dieu Odin, blessé à un épieu, se pendit pendant neuf nuits entières, à l'arbre battu des vents :

> « Et donné à Odin,
> Moi-même à moi-même donné,
> A cet arbre
> Dont nul ne sait
> D'où proviennent les racines.
> Point de pain ne me remirent
> Ni de coupe ;
> Je scrutai en dessous,
> Je ramassai les runes,
> Hurlant, les ramassai... » (1)

L'épreuve du dieu est terrifiante. Souffrant cruellement dans sa chair, privé de nourriture et de boisson pendant neuf nuits apocalyptiques, Odin parvient à donner lui-même à Lui-même ; le roi d'Egypte accomplissait l'acte suprême du culte en offrant Maât à Maât, l'Harmonie cosmique à l'Harmonie cosmique.

Rien de plus difficile à percevoir que cet énigmatique symbole. Quand le dieu se révèle à lui-même, il éveille sa véritable nature, crée l'être né depuis toujours et qu'il faut pourtant amener au jour.

« J'épiais au-dessous de moi, dit le dieu ; je fis monter les runes, je le fis en les appelant et alors je tombai de l'arbre. » (2)

Moment exceptionnel où l'écriture sainte monte du sol, où l'initié descend vers la terre, « chargé » de l'énergie émise par l'arbre de vie.

Une fulgurante illumination se produit. Dès qu'Odin entre en contact avec les runes, il sait. Il ne sait pas quelque chose en particulier, il n'apprend pas quelque

---

(1) Traduction R. Boyer.
(2) Traduction G. Dumézil.

chose de plus ou moins secret, *il sait*. Son être entier croît, Odin prend la mesure du monde.

> « La parole me menait,
> affirme-t-il,
> D'acte en acte,
> L'acte me menait. »

Voilà l'une des « confidences » les plus marquantes de la communauté des Sages du Nord. Le mythe est enseignement direct, l'initiation du dieu peut devenir notre initiation. Les runes, dans cette perspective, sont le langage intérieur qui nous permet de déchiffrer les expériences vitales ; l'écriture magique, chargée d'énergie, nécessite, pour être abordée sans danger, une longue ascèse. Les Tables d'or, gravées par le « Hurleur suprême » ne sont offertes qu'aux voyageurs capables de pousser le « cri suprême », celui de l'initié en quête d'absolu qui met sa vie au service de la Vie.

La tradition nordique n'oubliera pas que les runes ont une origine divine et que leur mission est surnaturelle ; lorsque les artistes initiés gravent les runes sur la pierre ou sur quelque autre matière, ils n'oublient jamais de préciser que leur main est l'intermédiaire de la divinité.

Le terme rune (got. runa, v. ang. run, isl. ryna) signifie « mystère, secret, décision réfléchie, consultation, mener une conversation mystérieuse ». Il s'agit donc bien d'un enseignement « murmuré » hors du vacarme de l'existence profane, d'une « conversation » entre l'homme et la divinité, d'une « consultation » demandée au maître par le disciple. Les runes ne sont pas utilisées pour le discours public, mais pour la parole initiatique. Chaque rune gouverne une force créatrice de l'univers, chaque signe est un élément du langage employé par les dieux pour maintenir l'univers en harmonie. (1)

Il existait sans doute un collège initiatique chargé de veiller sur la sauvegarde et la bonne utilisation des runes ; il était dirigé par un homme de rang élevé, le « magicien des runes ». Elfes, nains, forgerons et géants avaient une connaissance innée des runes et celui qui les pratiquait devait être en bons termes avec eux.

Les runes se trouvent encore, en plein XIIIe siècle, dans les marques et les signatures des artisans. Fait extraordinaire, les charpentiers du Jutland signent en runes et utilisent les signes sacrés pour marquer les assemblages de poutre. Construisant sur la terre la Jérusalem Céleste, ils ne pouvaient manier de forces plus constructives pour leur œuvre.

Les derniers à employer avec conscience les symboles runiques furent donc des charpentiers, des menuisiers et des forgerons. Musset qualifie ce milieu de « peu cultivé », oubliant que, dans l'histoire médiévale de l'Occident, les collèges d'artisans détenaient la vraie culture, celle qui permet à l'homme d'accéder à l'initiation (2).

C'est sur un os gravé de runes que le roi Ollerus traversa les mers ; on rechercherait vainement les traces de l'existence historique de ce monarque qui est, en nous, le maître des passions et des pulsions. Par

---

(1) « Il est manifeste, écrit Derolez, dans son livre sur la religion des Germains, que les runes furent utilisées presque exclusivement dans un but religieux et magique. Les signes détenaient un pouvoir secret, dépassant celui du sens littéral des inscriptions. Aussi n'en fit-on jamais un véritable mode d'écriture. »

(2) C'est ce que nous avons tenté de montrer dans nos précédents ouvrages *le Message des constructeurs de cathédrales*, *la Franc-Maçonnerie* et *De sable et d'or*. C'est également pourquoi nous étudions la pensée des artisans initiés à travers leurs sculptures (voir nos ouvrages sur Saint-Bertrand-de-Comminges, Saint-Just-de-Valcabrère et *le Livre des deux chemins*).

son intercession, nous apprenons que la magie des rites est indissociable d'un équilibre intérieur.

Brunhilde elle-même n'est autre que la transposition des anciennes vierges venues du Nord ; endormie dans un château entouré de flammes, elle connaît le mystère des runes et tous les arcanes de la science initiatique. Les vierges venues du Nord offraient aux Grecs les paroles divines, Brunhilde les fera partager au Chevalier.

Une inscription runique trouvée en Suède résume bien l'immense valeur de la langue magique :

« Là tu trouveras des runes,
Des barres pleines de sens,
Et très fières,
Et très fortes,
Peintes en rouge par le Maître des mots,
Les Puissances directrices les ont tracées,
Le Prince des conseils les a gravées,
Alors tu verras,
Si tu interroges les runes sorties du conseil de ceux qui savent,
Qu'elles touchent les puissances directrices,
Qu'elles ont été tracées par le Maître des sortilèges... »
(Trad. E. Grappin.)

Si le « Maître des mots » a peint les runes en rouge, c'est pour leur donner la couleur du feu vital. Les « barres pleines de sens » ne sont pas un langage ordinaire mais reflètent le jeu des « Puissances directrices », des forces qui créent le monde à chaque instant et lui donnent une cohérence.

Les runes sont sorties du « Conseil de ceux qui savent », autrement dit de la communauté initiatique des Sages du Nord. Elles ne sont pas un système figé mais contiennent un incroyable potentiel d'énergie.

Nous n'avons pas la prétention de « décrypter » les runes et d'en livrer le secret ; essayons cependant, à l'aide d'anciens textes islandais, norvégien et anglais qui fournissent le nom des runes, de mieux percevoir les trésors de cette langue sacrée. (1)

Chaque rune, en effet, porte un nom symbolique qui en définit la nature et nous renseigne sur sa portée créatrice. De la sorte, on peut ranger les runes en plusieurs catégories.

La première d'entre elles concerne l'univers ; les runes d'ordre cosmique sont au nombre de sept.

En tête, à notre avis, vient la rune « le soleil », qui est la joie des marins quand ils voyagent avec l'espoir de mener à bon port « le coursier des vagues » (le navire). Ce soleil est également en rapport avec le jugement sacré qui différencie l'initié du profane. C'est donc une Lumière qui conduit l'homme parti sur les chemins de l'aventure et lui assure un « juge » intérieur capable de discerner le vrai du faux.

La rune « le jour » est une conséquence naturelle de la rune « le soleil ». Par la grâce du jour, la lumière de Dieu est transmise à l'ensemble de l'humanité, offrant à chacun les mêmes responsabilités vis-à-vis du sacré. Aussi la rune « l'été », point culminant des jours solaires, est-elle la joie des hommes au moment où Dieu offre les plus belles richesses de la terre aux riches comme aux pauvres.

A cette trinité de runes lumineuses répond une dualité de runes d'une froide brillance, « le grêlon » et « la glace ». Le grêlon, mis en rapport avec la création du monde, est le plus blanc des grains. Projeté du plus haut de la voûte céleste, il est à la fois destruction et prise de conscience des réalités surnaturelles.

(1) Voir L. Musset, *Introduction à la runologie*, p. 118-125.

« La glace », aussi claire que le verre, est un large pont où l'on peut conduire l'aveugle.

La rune « la mer » est infinie, effrayante ; elle défie les possibilités humaines et rappelle sans cesse à l'initié l'immensité de la tâche à accomplir. Mais le voyageur est guidé par la rune « l'étoile », toujours présente au-dessus des brumes. Nulle obscurité humaine ne pourra en atténuer l'éclat.

Ces sept runes cosmiques étant intégrées par l'initié, six runes issues du monde végétal se présentent à lui. Les deux premières, « l'épine » et « le roseau de l'élan », lui sont franchement hostiles ; ces runes blessent et déchirent le guerrier qui les touche et les affronte sans protection. S'il ne recule pas devant l'épreuve, l'initié reçoit l'aide de deux autres runes ; d'abord celle de la rune « le frêne » qui lui confère la robustesse et tient bon devant un grand nombre de combattants. « Dessous le frêne, dit le dicton, venin ne règne » ; non seulement cet arbre blanc des forêts dissipe le mal, mais encore il confère une puissance particulière par l'intermédiaire du breuvage que l'on obtient grâce à la fermentation de ses feuilles. La robustesse évoquée est une force intérieure, une ivresse non humaine, venue de l'origine du monde, du tréfonds de la vie végétale.

L'initié reçoit ensuite l'aide de la rune « le chêne » qui, tout en nourrissant de ses fruits les instincts matériels, lui donne la possibilité d'affronter avec succès les périls de l'océan. Solidité, cohérence, longévité sont des qualités propres au chêne, découlant du fait bien connu que l'arbre incarne à merveille l'axe du monde. Plaçant cet axe en lui, le voyageur affrontera les tempêtes avec bonheur.

Stabilité et constance dans l'effort lui étant acquises, l'initié découvre la rune « le peuplier » qui, bien que ne portant pas de fruits, possède d'admirables feuillages capables d'atteindre le ciel. Cet arbre à croissance rapide, qui assèche les terrains où il se trouve, évoque le feu intérieur, ce désir qui franchit les espaces et porte l'esprit de l'homme dans des hauteurs où une respiration plus libre lui offre de nouveaux horizons.

Animé du désir le plus pur, l'initié reçoit les qualités de la rune « l'if », qui régit un arbre solidement planté, à l'écorce rude. L'if, toujours vert, est gardien du feu créateur ; il génère la joie intérieure qui couronne sa rencontre avec le voyageur. (1)

Son périple cosmique et végétal achevé, l'initié est confronté à la « trinité runique » des animaux. Elle est composée de l'« auroch », symbole de la force impétueuse et de l'intrépidité ; du « cheval », joie des princes et réconfort pour qui ne se condamne pas à l'immobilité de l'esprit ; de « l'anguille », qui possède une magnifique demeure entourée d'eau où elle vit dans le plus parfait bonheur.

Par la connaissance de ces animaux symboliques, l'initié acquiert force et mouvement qui lui permettent de construire son temple intérieur. Il devient capable d'assumer sa position d'homme et rencontre les runes qui en définissent les critères.

S'appuyant sur la rune « générosité », il réalise l'idéal de la rune « la chevauchée » qui consiste à parcourir les grands espaces de la vie spirituelle. Cette chevauchée semble d'ailleurs dictée par le forgeron, maître du feu. L'initié doit être maître des runes « la joie » et « l'affliction » qui prennent au dépourvu le

---

(1) Signalons que les traditions islandaises et norvégiennes enregistrent l'existence d'une rune « le bouleau », arbre au tronc blanc et au feuillage dru ; au printemps, il contient une sève abondante, d'une saveur douce, sucrée, avec laquelle on prépare une liqueur. Il se rattache ainsi au champ symbolique de la boisson d'immortalité et de l'ivresse sacrée.

voyageur inattentif ; il crée sa propre richesse qui, pour être juste, doit se partager largement avec les autres voyageurs. Suivant le chemin du serpent, l'initié accomplit pleinement les runes « homme » et « héros », en rapport avec l'Orient et le faucon de lumière ; c'est l'instant de la nouvelle naissance.

L'initié devient alors responsable des runes « la torche » et « l'arc ». La torche brûle surtout dans les palais des rois, autrement dit à l'intérieur des hommes de Connaissance. L'arc est l'arme joyeuse des explorateurs de la conscience.

Cette initiation par les runes conduit à une force mystérieuse, soutien de sagesse, source de toute création. Bien sûr, la tombe n'est pas loin et le « Maître des mots » sait qu'il lui faudra souvent mourir à sa propre sagesse pour renaître au génie de la vie.

Voyage... ce terme revient fréquemment sur notre plume, puisque tel est l'enseignement majeur des Sages du Nord. Après l'expérience de la langue sacrée des runes, nous pouvons préciser davantage notre itinéraire en écoutant l'enseignement des Celtes.

XII

LES VOYAGES DES CELTES
ET L'ILE AUX POMMES

Ces dernières années, on a beaucoup écrit sur les Celtes. Pourtant, bien des points de leur histoire demeurent obscurs et leur pensée reste énigmatique. C'est probablement à travers les contes et les légendes issus de l'âme celtique que l'on peut entrevoir une symbolique assez extraordinaire ; si trop d'aspects de la vie spirituelle des Celtes sont inconnus, nous connaissons pourtant quelques-unes de ses lignes directrices.

Au premier chef, on doit évoquer le sens du voyage, le goût de l'errance et de l'exploration. L'âme celte n'aime pas la fixité et le dogme ; elle recherche l'inconnu avec passion, s'épanouissant dans le mystère qui délivre l'homme du monde rationnel.

On ne s'étonnera pas, par conséquent, du fait que les Celtes aient transmis avec une vigueur particulière le message initiatique des Sages du Nord.

La nécessité du voyage intérieur et des transformations de l'âme fut incarnée par le culte du navire, déjà attesté en Egypte et en Crète. On parlait souvent du fameux navire du printemps qui, un matin, avait surgi d'une brume légère. L'embarcation miraculeuse venait de l'autre rive de la mer, d'un monde où la folie des hommes n'avait pas cours ; à son bord se trouvait le dieu de la fécondité, la puissance magique qui donnerait toute sa force à l'action des initiés.

A l'arrivée du navire, on célébra le mariage du dieu de la fécondité et de la déesse de la terre. Immédiatement les résultats de l'union sacrée deviennent tangibles : l'herbe pousse dans les champs, les arbres se couvrent de fruits, le bétail devient magnifique.

Et les hommes méditent sur ce miracle. Le cadeau somptueux que viennent de leur offrir les Sages du Nord n'est pas une incitation à la paresse. Ils doivent, à leur tour, épouser l'inconnu afin de féconder leur âme.

Beaucoup d'entre eux partent vers l'Orient, sachant qu'ils ne reviendront peut-être pas.

> « Ils s'en furent virilement,
>   dit une inscription,
> Très loin en quête de l'Or,
> Et là-bas vers l'est,
> Ils nourrirent le corbeau
> Car ils moururent au sud
> Dans le pays des Sarrasins... »

Chercher l'or alchimique, avancer sur une terre inconnue, périr sous les coups des infidèles... sous le voile d'une fable historique, on discerne les grandes étapes de l'évolution intérieure, on ressent aujourd'hui des émotions identiques à celles des initiés d'hier.

Le navire qui emmenait vers l'Orient les postulants à l'initiation contenait le feu divin, symbolisé par une image du soleil. Au sein de la tempête et des éléments déchaînés, au cœur de la nuit qui recouvrait une mer hostile, chacun des néophytes voyait briller cette petite lueur où réside l'Espérance.

Est-il possible de différencier le bateau des épreuves de l'île flottante ? Ce monde que nous croyons solide et figé n'est-il pas lui-même une immense île flottante qui nous entraîne, avec ou sans notre consentement, vers le mystérieux paradis des **Sages du Nord** ?

Les Celtes se posèrent ces questions, ils tentèrent d'y répondre avec la volonté la plus farouche. Ils disposaient, il est vrai, de certains vaisseaux capables de comprendre la parole humaine. L'un d'eux était même chargé de tuer les magiciens noirs et de purifier la route des navigateurs d'influences nocives.

A une époque très ancienne, l'un des rois du Danemark, familier des bateaux magiques, demanda à être placé, après sa mort, sur sa plus fidèle embarcation. Autour de lui furent disposés d'immenses trésors ; puis le navire funèbre quitta de lui-même le rivage et gagna le large. Personne ne sait où aboutirent ces trésors tant convoités du vivant du roi.

A une époque presque aussi ancienne, une nef atteignit un soir le rivage de Norvège. Les guerriers farouches étaient sur le qui-vive, certains d'être bientôt attaqués par quelque farouche envahisseur. Mais rien ne se passa. Les plus hardis d'entre eux montèrent à bord et, à leur grande surprise, ils découvrirent un petit enfant qui dormait près du mât, une gerbe de blé lui servant d'oreiller. Attendri, le chef des guerriers le prit dans ses bras et le porta près du foyer de la communauté.

Ce petit enfant deviendra le roi du peuple qui l'a accueilli. A sa mort, il sera placé dans la nef merveilleuse et regagnera l'inconnu en compagnie de ses richesses, butin d'une aventure dont personne ne voulait révéler le secret.

Le Roi, symbole du Maître capable de témoigner de son initiation, vient du mystère et retourne au mystère. Les Sages du Nord agissent d'une manière cohérente, de sorte que son passage dans le monde profane soit semblable à un trait de lumière tout à fait inoubliable. Mais le Roi repart avec ses trésors ; il n'est ni un propagandiste, ni un missionnaire. Ses richesses ne sont pas matérielles, mais symboliques ; il incite les hommes à l'éveil, leur donne le désir de l'« or intérieur ».

*
* *

Le Roi absent et présent, toujours présent et toujours absent, est au cœur de la pensée celtique. Sa patrie est située au Nord du monde ; ses adeptes sont les Celtes du Nord et de l'île de Bretagne, frères du peuple du soleil qui vénérait l'Apollon nordique.

Le temple rond de Stonehenge est le parallèle précis du temple de Delphes. Or, comme le remarque Jean Markale, Delphes ne fut pas fondé par les Grecs et Stonehenge ne fut pas fondé par les Celtes. Dans les deux cas, l'architecte est un membre de la communauté des Sages du Nord ; dans les deux cas, c'est le message de ces derniers qui est transmis par l'intermédiaire d'une confrérie locale.

La tradition celtique connaît un territoire situé dans le grand nord où, à l'intérieur d'un sanctuaire circulaire, des cygnes se rassemblent pour chanter des poésies sacrées à la gloire de Dieu.

Toutes les contrées de l'Europe du Nord célébrèrent la présence des cygnes musiciens et chanteurs qui parcouraient les cieux et vivaient dans les temples. Les prêtres de Stonehenge élevaient-ils une race particulière de cygnes ? Nous pensons qu'ils symbolisaient plutôt la pureté des initiés vivant en communauté et leur faculté de vibrer à l'unisson, démontrant par leurs chants l'intensité de la communion fraternelle.

A Delphes comme à Stonehenge, les Sages du Nord avaient laissé un chaudron sacré qui inspirait à la fois crainte et vénération. Il était dit que ceux qui dormaient dans le chaudron, par une faveur exceptionnelle des prêtres, acquéraient des dons prophétiques.

Ce sommeil dans le chaudron est, à l'évidence, le passage du néophyte par la matrice de la Terre-Mère. Dans le récipient des résurrections, le nouvel initié a le don de « double vue », à savoir qu'il connaît les causes des choses terrestres comme des choses célestes.

Naître du chaudron ne suffit pas. Le néophyte qui vient de recevoir en son esprit la tradition initiatique ne la connaît que d'une manière virtuelle ; il porte en lui toute la sagesse du monde, mais il lui faut passer de la potentialité à l'acte.

Agir, pour nos Pères, c'était créer. Et toute création commence par un voyage, un déplacement de la périphérie des apparences vers l'éternité d'un centre.

A travers les civilisations celtiques, la communauté des Sages du Nord illustra ce thème de diverses manières afin d'en montrer l'importance. Depuis toujours, on savait que les sages et les maîtres en esprit habitaient dans les îles ; le christianisme lui-même ne parvint pas à détruire cette certitude et l'on continua à dire que les saints et les ermites séjournaient dans ces îles, bénies de Dieu.

L'île est un point fixe au milieu de l'infini des possibles et des mouvances. Elle est la première cohérence, le premier point d'appui dont l'homme a besoin pour prendre conscience de sa nature cosmique. L'île n'est pas une fin, mais un tremplin vers l'absolu, le site idéal d'où l'on peut contempler l'absolu.

Les îles enchantées de l'océan attendaient les navigateurs lassés de la médiocrité et de la bassesse. En s'élançant vers elles, on retournait vers l'origine de toutes choses où il est possible d'engendrer à nouveau une humanité harmonieuse.

L'escale la plus courante vers le pays des origines était un petit îlot souvent situé au sud-ouest de l'Irlande, au large de l'île de Dursey ; beaucoup d'âmes tièdes, satisfaites de leur maigre périple, s'arrêtaient là. Elles se contentaient d'une promenade, oubliant la nécessité du voyage.

Pourtant, les Anciens affirmaient que le chercheur de trésors, s'il est vigilant, ne s'arrête pas en chemin. Il entend parler d'une terre magique, par-delà l'océan ; elle se nomme « pays brillant », « les champs enchantés », « la terre promise », le « pays des vivants »... Les pays où se sont installés les hommes ne sont-ils que des terres de mort ? Là-bas, on jouit de tous les biens, on bénéficie d'un rayonnement perpétuel, plus vivifiant que la chaleur du soleil.

L'enjeu est net. Le voyageur abandonne la mort, il part à la recherche de la vie. L'île brillante exige autant qu'elle donne ; elle ne laisse approcher que les voyageurs qui naviguent dans un bateau de verre, autrement dit ceux qui vivent une transparence intérieure permettant au divin de passer à travers eux.

Les heureux élus, selon certains échos, formaient un peuple vivant sous les eaux. Ne seraient-ils pas les âmes des morts et les esprits oubliés des dieux d'autrefois ? Ces dires effrayaient un certain nombre d'« explorateurs » dont la hardiesse ne dépassait pas le cadre des paroles.

Ils oubliaient que le « peuple de dessous les eaux » est celui qui connaît la profondeur des êtres et des choses, précisément à cause de l'intervention des dieux. Les antiques forces spirituelles demeurent présentes en tout homme qui brise les pièges de l'apparence.

D'illustres prédécesseurs nous font partager leur expérience et nous instruisent sur la manière d'organiser notre voyage. Echtra, fils du roi Conn Cétchathach, se morfondait dans sa jeunesse dorée. Promis aux plus hautes distinctions, il cherchait vainement la voie de sa réalisation personnelle. Un jour, alors qu'il se trouvait sur une colline, il vit apparaître une très belle femme aux vêtements étranges.

Je viens, dit-elle, d'un pays de vivants où n'existent ni la mort ni le péché et où règne une joie perpétuelle. Le prince était en compagnie de son père le roi, mais lui seul vit l'émissaire de la communauté initiatique. Aussitôt, il sut que son destin venait d'être scellé ; la jeune femme, amoureuse de lui, lui propose de l'emmener vers cette terre de lumière.

Dans ce pays, dit la femme, règne un curieux personnage nommé « Le victorieux » ; on ne sait presque rien de lui. Habité par le soleil, il vivifie tout ce qu'il touche. Le prince est conquis par l'idée du voyage ; pourtant, ses proches et les conseillers du royaume lui déconseillent ardemment de l'entreprendre. La décision du jeune homme semblant inébranlable, ils tentent même de le retenir ; mais le prince saute dans une barque de cristal où l'attend celle qui l'aime. Ensemble, ils disparaissent à jamais.

Le néophyte a rencontré l'intuition des causes, il a reconnu sa toute-puissance. Ecartant les conseils des tièdes et des peureux, il délaisse toute sécurité et part dans l'inconnu. C'est là, et là seulement, que son mariage avec la Connaissance sera consommé.

Cette aventure éclaire l'état d'esprit du navigateur qui s'apprête à partir ; elle insiste sur la disponibilité du postulant, sur son ouverture d'esprit. Etre totalement prêt au voyage, sans aucune restriction mentale, c'est déjà connaître le chemin à suivre.

Saint Philippe, au milieu d'une assemblée de chrétiens étonnés, fit un jour cette surprenante déclaration. Il existe, dit-il, une île dont le nom est Eidheand. Là vivent des oiseaux immortels dont le plumage est resté le même depuis le commencement du monde. Leur nombre demeure également identique ; jamais aucun d'entre eux n'est mort, aucun nouvel arrivant n'est venu enrichir la communauté. « Sept belles rivières dans toute leur longueur, affirme le saint, parcourent les plaines où ils vivent ; c'est de là qu'ils tirent leur nourriture, et ils chantent des chants magnifiquement. » Ces oiseaux, en effet, célèbrent les œuvres admirables que Dieu a accomplies avant la création du monde ; ils évoquent aussi ce que Dieu fera de la création au jour du Jugement dernier.

Par la voix d'un de ses maîtres, le christianisme sauvegarde les trésors initiatiques du passé. Philippe reconnaît implicitement qu'il a débarqué sur l'île d'Eidheand et qu'il a rencontré ces oiseaux étranges, témoins de l'origine des mondes.

Fréquemment, les oiseaux symbolisent les états de conscience atteints par les initiés. Dans le cas présent, ils représentent une communauté de Sages dont le nombre symbolique est rigoureusement fixé. On songe aux anciens collèges de grands prêtres ou aux « Supérieurs inconnus » qui dirigent certains Ordres ; ce sont les pensées les plus riches et les plus profondes qui constituent réellement une telle assemblée.

Philippe, malgré l'émoi de ses frères chrétiens, n'hésite pas à reconnaître sa foi en l'initiation. Comme beaucoup de saints, il a forgé sa personnalité auprès de maîtres traditionnels et son christianisme n'est qu'un prolongement de l'ésotérisme éternel.

Le récit celtique de Barinth nous révèle l'existence d'une île où les habitants ne faisaient qu'un pour parfaire l'œuvre de Dieu. Espérance, foi et amour étaient vécus quotidiennement dans la joie la plus sereine. Mais ces grandes vertus subissent parfois le poids de l'immobilisme ; la communauté risque de s'endormir sur ses lauriers. Un frère se décide à intervenir. Il demande à Barinth de courir le risque d'un grand voyage pour retrouver un nouveau dynamisme et l'insuffler à la communauté. Il parle d'une autre île qu'on nomme « Terre de la promesse des saints ». Barinth ne manque pas de courage ; emmenant avec lui quelques intimes, il monte dans la barque et s'élance vers le large.

Quand Barinth et ses compagnons parviennent à leur but, ils sont stupéfaits. « Une lumière éclatante nous entoura : nous vîmes alors apparaître une terre spacieuse couverte d'herbes et de fruits... nous ne vîmes ni herbe sans fleurs ni arbres sans fruits ; les pierres sont toutes des pierres précieuses. »

Un homme vient vers les voyageurs. Calme, souriant, environné de clarté, il leur apprend qu'ils viennent de débarquer sur l'île du début du monde. L'endroit, en effet, est aussi ancien que la Création elle-même ; rien n'y a changé depuis le premier instant. En ce lieu, le jour est perpétuel, le soleil s'est fixé au zénith pour toujours.

Tous ces récits rappellent l'existence d'un paradis en ce monde. Héros païens et saints chrétiens y ont eu accès et portent témoignage de sa réalité. Jusqu'à présent, cependant, nous n'avons pas eu beaucoup de détails sur les chemins qui s'ouvraient devant les navigateurs et sur les épreuves qui les attendaient.

Une divulgation plus complète nous fut accordée. Il s'agit du célèbre voyage de saint Brendan qui n'est autre qu'un dieu celtique canonisé, Brân. Paganisme et christianisme s'unissent dans une figure qui dépasse les religions, parce qu'elle est une figure initiatique.

Brendan, bien entendu, naquit de rois au pays d'Irlande. Suivant cette voie royale qui est celle de la Connaissance, il se libère rapidement des vanités de ce monde et des honneurs factices accordés aux fortes personnalités. Brendan se consacre à l'étude des choses divines et acquiert de grandes connaissances ; il devient moine, afin de rencontrer des hommes de sa trempe. Très vite, ses frères sont subjugués par le rayonnement de Brendan et, contre son gré, l'élisent abbé. La fonction est redoutable ; premier parmi ses pairs, l'abbé porte la communauté en lui. Il est le médiateur entre ses frères et Dieu.

La renommée de l'abbé Brendan grandit rapidement. Bientôt, il a trois mille moines sous ses ordres. Le nombre symbolique indique clairement que Brendan règne sur les trois mondes de la création, de la maturation et de la concrétisation.

Brendan ne se laisse pas prendre au piège du pouvoir. Inféodant sa volonté à ses devoirs, il travaille sans compter pour ses frères et cherche à toujours mieux percer les secrets de la divinité.

C'est alors qu'une idée étrange naît dans l'esprit de l'abbé. Son savoir ne lui suffit pas, le cadre du monastère lui paraît trop étroit. Ce qu'il souhaite le plus ardemment, c'est de contempler le Paradis où vécut Adam, le premier séjour de l'homme, le lieu extraordinaire où l'ancêtre du genre humain dialogua avec le Créateur.

« Il voudrait voir l'endroit où il aurait eu le droit de siéger, dit la chronique, si Adam, nous ayant trahis par sa faute, ne nous en avait chassés. » Brendan ressent intuitivement que la véritable place de l'homme connaissant se trouve dans le paradis et que ce paradis, contrairement à ce que prétendent certaines doctrines, est accessible en ce monde.

Quelle aventure prodigieuse... retrouver ce paradis ici-bas, ouvrir le jardin fermé, pénétrer dans le temple le mieux gardé... L'abbé Brendan rêve et prie. Son idée l'obsède. Il ne se passe plus une heure sans qu'il demande à Dieu de lui révéler la route du paradis.

Mais l'abbé Brendan n'est pas un utopiste. Il sait qu'une telle révélation ne lui sera pas offerte sans souffrances. Dans ses supliques, il avoue également son désir de connaître l'enfer. S'il ne voyait pas cette image inversée du paradis, il ne pourrait pas apprécier la vérité de ce dernier.

Les prières de Brendan n'ont pas de résultat immédiat. L'abbé devient inquiet, il s'interroge sur le bien-fondé de ses intentions. Comme il est de règle sur la voie spirituelle, l'abbé décide de consulter l'un de ses pairs. Aussi se rend-il chez un homme que nous connaissons déjà, l'ermite Barinth.

Libre et de bonnes mœurs, l'ermite vivait au milieu d'un bois et régnait sur trois cents moines. Comme Brendan, Barinth a la maîtrise du Nombre Trois ; les deux hommes s'entendent à merveille et l'ermite conseille volontiers l'abbé.

Oui, il a osé entreprendre le voyage des initiés. Oui, il atteignit une île où ne souffle aucune tempête, une île où, pour nourriture, il respira l'incroyable parfum de fleurs paradisiaques. Là, il est même possible d'entendre la voix des anges. Non, Brendan ne délire pas ; non, il n'est pas impossible de tenter à nouveau l'aventure et, qui sait, de découvrir d'autres merveilles.

Cette entrevue est pour Brendan un véritable coup de fouet. Puisque l'ermite l'encourage... L'ermite est un vieil homme, il ne s'enthousiasme pas facilement. Et il est resté discret, très discret...

L'abbé Brendan n'a plus aucune hésitation. Le moment est venu de se préparer au voyage et de reconquérir le paradis.

Décision délicate : l'entreprise n'est pas à la mesure d'un homme seul, il faut s'entourer de frères capables d'aller jusqu'au bout. L'abbé confie ses intentions à quatorze frères qu'il considère comme les moines les plus avancés sur la voie spirituelle ; deux à deux, ils délibèrent sur le projet de Brendan. Aucune voix n'est hostile. Chaque frère approuve l'abbé du fond du cœur, le sens de l'aventure les unit encore davantage.

« Si je vous en parle, déclare Brendan sans ambages, c'est pour avoir confiance dans ceux que j'emmènerai et ne pas avoir à m'en repentir plus tard. »

L'avertissement est sévère. L'abbé ne se comporte pas en bon prêtre chrétien, attentif aux faiblesses de ses ouailles, mais en Grand Maître initiateur qui exige le maximum des néophytes.

Le principe du départ est accepté, mais aucune carte ne procure à la communauté la route à suivre. Il faut donc utiliser d'autres moyens. Brendan ordonne un jeûne rituel et des oraisons perpétuelles pour demander à Dieu la première clef de l'énigme.

Le miracle se produit : un ange envoyé sur terre par les puissances célestes instruit l'abbé des modalités du voyage. Aussitôt l'abbé réunit sa communauté et lui apprend qu'il doit partir en voyage avec quatorze frères. Il confie volontiers le but de cette entreprise, et les moines regrettent vivement de ne pas avoir été retenus dans le petit groupe des navigateurs.

L'abbé est inflexible. Il initie son prieur au gouvernement de la communauté et rappelle que son voyage est dans la main de Dieu. Le baiser de paix est partagé, l'abbé et ses compagnons s'éloignent. Les dés sont jetés.

Brendan va droit devant lui. Il ne dit pas adieu à ses parents, il ne retourne pas aux endroits qui lui sont chers. L'abbé est plein d'espérance, il ne se dirige pas vers la mort.

Brendan atteint un roc imposant qui s'avance au loin dans l'océan. Le roc abrite un port enfoncé dans la falaise ; l'abbé s'y rend et remplit sa fonction de Maître d'Œuvre en construisant son navire. Il y place de nombreux outils et des vivres pour quarante jours au plus. Comme le vent est bon, le départ est décidé dès l'achèvement de la nef.

Soudain, trois frères surgissent en courant. Ils veulent de toutes leurs forces faire partie de l'expédition.

Brendan accepte, non sans leur annoncer d'une voix un peu triste que deux d'entre eux tomberont dans les griffes de Satan.

L'abbé lève les mains vers le ciel, suppliant le Seigneur d'accorder sa protection à ceux qui partent vers le Paradis ; puis il bénit ses compagnons et donne le signal du départ.

Très vite, un vent venu de l'Orient les pousse vers l'Occident, le lieu sombre où les forces du monde donnent la mort à tous ceux qui vivent mal. Les moines sont à la peine et le métier de marin rentre sans ménagement dans leur chair ; poussant sur les avirons, ils utilisent le vent de la manière la plus active.

Quinze jours après le départ, la bise tombe. Ne sachant où aller, les moines naviguent pendant un mois à la rame. Leur espoir est si grand que leurs forces ne s'épuisent pas.

Mais les vivres viennent à manquer. Plus de nourriture, plus de vigueur ; avec la faiblesse naît la peur. Au moment où tout semble perdu, une grande et haute terre apparaît à l'horizon. Le vent revient, et porte doucement la barque des moines vers ce pays.

Malheureusement, la réalité est moins souriante. Nulle anse pour aborder, des montagnes sévères aux pics élevés, une mer agressive et dangereuse. Pendant trois jours, la communauté cherche vainement un port ; il semblerait que cette île soit fermée à tout élément extérieur.

A force de scruter chaque anfractuosité, Brendan finit par repérer une sorte de port minuscule où un seul navire peut prendre place. La nef s'y engouffre, et les moines foulent à nouveau la terre avec un vif plaisir. Curieux de connaître l'intérieur de l'île, la communauté s'engage résolument sur une route qui débouche sur un splendide château. Mur de cristal, or et pierres précieuses enchâssés dans les parois, éblouissement lumineux... les frères pénètrent en silence dans l'admirable demeure qui paraît vide de toute présence humaine.

Les moines s'installent dans cette demeure de l'abondance, où la qualité des nourritures rivalise avec le raffinement de la vaisselle. Brendan ne leur interdit pas de bien boire et de bien manger, mais il leur recommande de garder la mesure et de ne rien prendre de trop.

La nuit tombe, les moines s'endorment. Mais l'un d'eux vit un drame ; le diable est devant lui, il lui tend un hanap d'or, le plus précieux jamais vu en ce monde.

Un seul regard perce les ténèbres et voit la scène : celui de l'abbé Brendan. La lumière était dans le regard du maître pour qui les ruses du diable ne demeurent pas invisibles.

Après trois jours de repos, l'abbé ordonne à la communauté de repartir. Au moment d'embarquer, l'abbé s'exclame : « Seigneurs, je vous prie, n'emportez avec vous rien de ce qu'il y a ici, pas même du pain de ces provisions, pas même de l'eau pour la soif ! » Devant ses frères muets de stupéfaction, Brendan éclate en pleurs et désigne le voleur. Pétrifié, le frère accusé confesse son crime. Mais il est trop tard. L'abbé annonce sa mort imminente et, de fait, le diable courroucé apparaît à tous les moines, causant la mort du moine que l'abbé a le temps d'entendre en confession. Son âme est sauvée, elle gagne le paradis céleste.

C'est un messager venu de nulle part qui donnera aux moines néophytes la signification de cette terrible aventure. Il apporte du pain et de l'eau, et l'abbé recommande à ses frères de mettre leur confiance en Dieu pour la nourriture à venir.

Premier château, première merveille, faux paradis : le moine a « pris » pour lui, a voulu acquérir au lieu d'offrir. En lui, le sens du voyage a disparu. Il s'est arrêté, croyant avoir trouvé la sécurité. C'est la mort qui vint au rendez-vous, sanction immédiate pour l'homme statique.

La communauté des moines poursuit son aventure. Elle atteint une île sur laquelle ils célèbrent un office ; soudain, la terre se met à trembler et Brendan doit rassurer ses frères effrayés. En réalité, ils venaient de s'installer sur le dos d'une baleine !

Brendan explique que le plus grand des poissons de la mer a été créé par le divin Roi avant tous les autres. La baleine vécut à l'origine de la vie, elle témoigne du début du monde. En la rencontrant, la communauté des moines est confrontée à la naissance de la vie. « Dieu, commente Brendan, vous a amenés ici pour mieux vous instruire. » Les frères ont accompli le sacrifice sur un être vivant, un être en mouvement : ainsi, ils ont inscrit le désir de Connaissance dans l'évolution créée par Dieu.

Avant l'épisode de la baleine, un messager mandaté par les Sages du Nord avait renseigné les frères sur la route à suivre ; selon ses prévisions, la communauté monacale voit au loin une terre haute et blanche. Le temps du repos est venu, on tire le bateau à sec.

En remontant le cours d'un ruisseau, Brendan découvre un arbre extraordinaire. Sa taille est gigantesque, ses feuilles sont rouges et blanches. Des oiseaux blancs sont perchés sur les branches.

Brendan s'interroge sur cette énigme dont il demande à Dieu la solution. Aussitôt, l'un des oiseaux quitte son perchoir et prend la parole. Lui et ses compagnons sont des anges déchus, tombés du ciel à cause de leur vanité. Plus jamais ils ne verront la gloire du Haut Maître, bien qu'ils habitent le paradis des oiseaux.

Le peuple des oiseaux est la traduction d'un ensemble d'états spirituels qui constituent autant de buts relatifs pour l'initié. A chaque oiseau correspond une vision du monde, une idée créatrice ; mais la clef qui rendrait cet ensemble clair n'est pas encore donnée. L'homme qui se contenterait de vivre la symbolique des oiseaux n'aurait en lui qu'une mosaïque d'idéaux et se détacherait à tort du concret. C'est pourquoi les oiseaux-anges bénéficient, certes, d'un paradis mais d'un paradis partiel d'où le rayonnement du Principe est absent.

Le chef des oiseaux a un message pour Brendan. Six autres années, lui dit-il, se passeront avant que vous n'atteigniez le Paradis. Chaque année, vous célébrerez la Pâques sur le dos de la baleine. De la sorte, la communauté monacale reprendra force et vigueur en reprenant contact avec l'Origine.

Sur l'ordre du messager des Sages, Brendan et ses compagnons demeurent deux mois en ce lieu. Ils rendent leur bateau plus solide et revigorent leur sens fraternel. Ces journées de paix et de quiétude passent très vite ; de nouveau, il faut gagner le large.

Plus de sept mois de navigation sont nécessaires pour atteindre une terre d'apparence hostile. Le premier élément intéressant inquiète Brendan ; il s'agit de deux sources, l'une claire, l'autre trouble. Le piège du bien et du mal est évité par l'abbé qui interdit à ses frères de boire l'une ou l'autre eau.

Survient un moine d'un grand âge qui s'agenouille devant Brendan ; sans dire un mot, il convie les arrivants à le suivre. Ses manières sont douces, son visage est rassurant. Brendan et ses frères parviennent à une riche abbaye où ils sont accueillis avec beaucoup d'égards ; là sont conservés d'incroyables trésors, pierres précieuses, reliques, étoffes rares.

Les deux communautés de moines communient dans une même cérémonie, puis un banquet des plus réussis est offert aux visiteurs. L'abbé explique à Brendan que toutes ces faveurs viennent de Dieu et sont procurées aux moines sans qu'ils fassent rien pour les obtenir ; à l'heure voulue, par exemple, ils reçoivent le feu de leurs lampes.

La leçon est précise. Qui consacre son existence à l'acquisition de bénéfices personnels, qu'ils soient d'ordre matériel ou spirituel, réussira peut-être à force d'intrigues mais perdra son âme. Celui qui vit en communion avec la vie et avec les êtres obtient naturellement richesses intérieures et équilibre extérieur.

Brendan est émerveillé. Ce lieu est un véritable paradis, tout y est parfait ; pourquoi ne pas s'arrêter là et jouir de tous ces délices ? La réponse de l'abbé est cinglante : « Va plutôt chercher ce pour quoi tu as quitté ta terre. Puis tu reviendras en ton pays et tu mourras où tu es né. »

L'initié doit rechercher son Nombre, son génie propre. Tout ce qui est imitation en lui conduit à la mort de l'esprit. Le merveilleux monastère correspond à l'âme particulière d'une communauté particulière, non à celle de Brendan et de ses compagnons. La plénitude qu'ils désirent est d'une autre nature, elle passe par d'autres chemins.

Une étrange vie rituelle s'organise. Brendan et les siens retournent périodiquement vers les îles précédemment abordées ; tous les sept ans, ils séjournent dans l'île des oiseaux, ils fêtent Noël dans le monastère aux innombrables trésors, ils célèbrent Pâques sur le dos de la baleine. Le temps profane n'existe plus. Le voyage tourne en rond, le retour périodique des événements remplace la découverte. Brendan organise l'existence communautaire au cœur de l'inconnu.

Cette apparence de routine ne doit pas faire oublier aux voyageurs que leur ambition est de pénétrer au paradis. Ce sont des monstres qui les rappellent à leur devoir ; un serpent marin aux cris horribles se rue vers eux et menace de les consumer par son souffle enflammé. Un autre monstre sauve la communauté en s'attaquant au premier ; après une lutte terrifiante, il déchire le premier monstre en trois tronçons. Et c'est l'un de ses tronçons, poussé par la vague, qui sauvera les moines dépourvus de toute nourriture.

Brendan montre à ses frères que l'ennemi le plus cruel peut devenir l'appui le plus nécessaire ; la chair du monstre qui souhaitait les tuer les sauve d'une mort certaine.

La communauté assiste bientôt à un second combat de monstres, plus violent encore que le premier : il oppose un griffon à un dragon. Le duel se déroule dans les cieux et se termine par la victoire du dragon. Par la mise en action de ces animaux symboliques, les moines s'initient à l'art alchimique ; ils apprennent à résoudre les contraires, à créer l'harmonie au-delà des oppositions apparentes. La preuve de leur réussite leur est procurée de la manière la plus nette, puisque des monstres surgissant de la mer ne font qu'escorter leur bateau avant de disparaître.

Quelle n'est pas la surprise des moines d'apercevoir, en pleine mer, un grand pilier qui monte jusqu'au sommet du ciel et descend jusqu'au fond de la mer ! Autour du pilier est construit un pavillon d'or, au cœur du pavillon est érigé un autel d'émeraude. Trois jours durant, les frères célèbrent la messe tour à tour en ce lieu magique. Ils apprennent à se verticaliser, à sonder les mystères du haut et du bas. En s'élevant au-dessus du monde matériel et en pénétrant au cœur de l'abîme, les frères reçoivent l'initiation aux petits mystères.

Brendan juge que l'heure n'est pas venue de connaître le secret de Dieu. Il ordonne à ses compagnons de quitter ce centre du monde, non sans emporter un calice en cristal qui perpétuera la pureté de leur conscience.

Le voyage dure depuis très longtemps et, pourtant, les pèlerins ne se découragent pas. Plus ils vont, plus ils peinent, plus ils espèrent. La connaissance des épreuves s'identifie à la connaissance d'eux-mêmes, le souffle des vents devient la voix de leur désir.

Le ciel s'obscurcit, une terre enfumée se dessine dans le lointain. Des nuages sombres l'environnent, des odeurs nauséabondes empuantissent l'atmosphère. Le premier réflexe des moines est de s'écarter d'une île aussi peu attrayante ; mais un vent violent les pousse inéluctablement vers l'île des ténèbres.

Brendan paraît pensif, un peu inquiet. Mes frères, avoue-t-il, nous devons être très courageux. Cette île lugubre, c'est l'enfer. Nous ne pouvons plus l'éviter.

Les horreurs succèdent aux horreurs, des diables hurlants jaillissent des flammes ; les démons tentent en vain de tuer les moines qui bénéficient d'une protection surnaturelle.

Un drame abominable marque cette expérience de l'enfer. Brusquement, l'un des frères saute hors du bateau ; cent diables se saisissent de lui. Aterrée, la communauté assiste au déchirant spectacle. La fumée s'évanouit, tous les frères voient l'enfer tel qu'il est. Brendan ne fait aucun commentaire.

Sur la terre maudite, Brendan et ses frères ont l'occasion de s'entretenir avec Judas qui souffre des maux différents chaque jour de la semaine ; le damné révèle aux voyageurs un fait capital : il existe deux enfers, l'un en haut, l'autre en bas. Le châtiment des faux spiritualistes est aussi impitoyable que celui des mauvais matérialistes.

Judas n'est pas le mal absolu. Jadis, il éleva un pont solide qui permit aux voyageurs de passer en toute sécurité au-dessus d'une eau périlleuse. En récompense, il est soutenu par une pierre. Le maudit reçoit l'aide de la sagesse ; en remplissant une fonction de constructeur, il a connu la vérité de la « pierre pontificale ».

Les moines s'aperçoivent soudain que l'un d'eux manque à l'appel. Brendan sait qu'il vient d'être « absorbé » par le châtiment et que le troisième élément de la communauté a disparu. Judas le purificateur n'est pas étranger à cette phase alchimique.

Une très haute montagne, seule au milieu des eaux, se dresse devant le bateau des frères. Quel nouveau prodige découvriront-ils ? Chacun s'apprête à débarquer, mais la voix de l'abbé se fait autoritaire : « Je descendrai de la nef. Que personne ne sorte, hors moi seul. »

Ainsi en est-il. D'un pas assuré, comme s'il connaissait déjà le sentier, l'abbé Brendan atteint une cabane d'ermite. Le saint homme en sort aussitôt et appelle Brendan par son nom. Dieu lui a révélé peu de temps auparavant et l'a informé de la quête des frères. Les deux religieux échangent le baiser de paix. Puis l'ermite demande à l'abbé de faire venir ses compagnons et les appelle chacun par leur nom. Paul l'ermite possède, en effet, cette connaissance des noms cachés des êtres qui assure un règne magique sur le monde. Non pas une magie de destruction, mais une mise en harmonie des forces vitales.

Paul l'ermite raconte son histoire à la communauté. Un jour, il monta dans une nef toute prête qui le conduisit d'elle-même dans cette île. Pendant trente ans, une loutre lui apportait trois fois la semaine un poisson pour le nourrir. Avec ces trois poissons, Paul était parfaitement rassasié. Cette période de trente ans achevée, la loutre ne revint pas. Pour toute nourriture, Paul se contenta de l'eau d'une fontaine.

Les frères contemplent avec étonnement ce vieillard

de quatre-vingt-dix ans, vêtu de ses seuls poils le couvrant comme un voile. Dans son regard, on peut lire le message d'une prodigieuse aventure spirituelle ; de son corps émane une légère lumière, dans sa voix s'incarne la bonté la plus totale.

Frère Brendan, dit Paul l'ermite, tu iras en paradis. Emporte avec toi un peu de cette eau qui me fait vivre depuis tant d'années.

Paul l'ermite est le modèle de l'alchimiste. Après avoir mis dans le Principe caché toute sa confiance, il s'est offert au mouvement qui l'amena dans l'« île centrale », là où le Grand Œuvre peut être accompli, loin des influences nocives. Après avoir vécu le mystère du Nombre Trois, l'alchimiste a expérimenté les vertus de l'eau vitale, de l'élixir secret qui entretient la santé spirituelle et matérielle.

Nanti d'une telle arme, Brendan sait qu'il atteindra son but. La source de création se trouve désormais en lui-même, au cœur de sa pensée.

La navigation reprend. Les frères sont sereins, persuadés que leur long périple ne sera pas inutile. Ils goûtent les fastes de la mer, apprécient la saveur des vents. Les étapes habituelles se succèdent ; les moines retrouvent les lieux connus aux dates rituelles.

Après cet ultime « inventaire » des terres connues, c'est le grand départ vers l'Orient. Quarante jours de haute mer sont nécessaires pour atteindre le mur de brouillard qui enclôt le Paradis. Seul le Maître des maîtres peut enseigner la route qui traverse le brouillard et conduit au séjour des élus.

Orienté par l'inspiration divine, Brendan engage son navire dans la nuée. Au terme du quatrième jour, les frères sortent de l'obscurité et voient enfin le Paradis construit par le Souverain Roi.

La vision est prodigieuse : un mur, dont la matière est inconnue, s'élève jusqu'au ciel ; il est enchâssé d'innombrables pierres précieuses et ne comporte aucun joint. Entre les pierres se produit un jeu de lumières, les feux de chacune d'elles se mélangeant ou s'opposant. Le mur vit de lui-même, l'unité divine s'exprime par la multiplicité des rayonnements.

Brendan et ses frères pénètrent dans le Paradis dont la porte est gardée par des dragons et une épée suspendue au-dessus de l'étroit passage. Ils ne sont pas agressés, car ils ont maîtrisé leurs dragons intérieurs en créant leur axe intérieur.

C'est un beau jeune homme qui les guide, après les avoir nommés par leur nom. Calmant les dragons et retenant le glaive, il donne aux frères le baiser de paix et ouvre la porte étroite.

L'émerveillement est à son comble. La campagne est un jardin magnifique, de grands arbres s'y épanouissent, de nombreuses rivières y apportent une douce fraîcheur ; des fruits poussent en toute saison, les parfums des fleurs les plus variées enchantent les âmes. Il règne là un été perpétuel dont la chaleur n'est pas incommodante. Fleuves de lait, rosée céleste changée en miel, montagnes d'or... les merveilles les plus extraordinaires sont choses constantes en ces lieux. Nulle maladie, nulle rigueur des éléments ne viennent déparer ce chef-d'œuvre conçu par Dieu.

Le beau jeune homme demande à l'abbé de le suivre, pendant que ses compagnons s'extasient. Ils escaladent sans peine un mont haut comme un cyprès. Là, Brendan comprend ce qui ne peut être compris, voit ce qui ne peut être vu.

« Retournons, déclare brusquement le messager. Brendan, voici le Paradis. Devant toi, au loin, il y a cent mille fois plus de gloire que tu n'en as vu. Mais tu ne peux en savoir davantage avant ton retour ; car ici, où tu es venu en chair et en os, tu reviendras bientôt en esprit. Va, maintenant, retourne-t-en ; tu reviendras ici attendre le jugement. Emporte, en souvenir, de ces pierres d'or pour te donner courage. »

Brendan et ses frères retournent en Irlande où ils portent témoignage de leur expérience et orientent nombre d'êtres vers le Paradis.

Sous un habillage chrétien fut ainsi décrit le Paradis des Sages du Nord et, plus encore, le chemin qui y conduit. L'abbé Brendan, symbole du Maître initié, accède aux grands mystères. Il entre dans la communauté des élus après un long voyage intérieur et, surtout, il se montre capable de conduire des frères vers une réalisation identique.

Le devoir de l'abbé est de transmettre sa vision de l'invisible. Grâce aux pierres d'or que lui ont offertes les Sages du Nord, il peut construire l'homme et la société, introduire le sacré dans le profane.

La navigation de Brendan est l'un des plus purs récits initiatiques concernant la tradition nordique ; joignant avec une surprenante habileté le discours chrétien et l'enseignement ésotérique, il parle aux esprits les plus divers et fournit des précisions d'une extrême importance sur les épreuves qui attendent tout voyageur cheminant vers le Paradis de la Connaissance.

Les Celtes multiplièrent les narrations où l'exploration jouait le premier rôle. Il fallait, à tout prix, inciter l'homme à quitter sa torpeur pour partir vers lui-même. C'est tout le sens de l'aventure des Tuatha Dê Dannan, ensemble de peuplades qui abandonnèrent l'île d'Erinn en se lançant à la conquête du centre du monde.

Venus de l'ouest, les Tuatha Dê Dannan comptaient dans leurs rangs des hommes de race divine, c'est-à-dire des initiés. Les maîtres possédaient la lance de lug, le chaudron magique des résurrections et la pierre du destin qui pousse un cri lorsque le futur roi s'assied sur elle.

Les Tuatha Dê Dannan sont donc dépositaires des emblèmes majeurs de l'initiation et peuvent ainsi créer de nouveaux adeptes selon les plus anciennes lois de la Tradition. Ils ne se contentèrent pas d'établir un empire et refusèrent toute sédentarisation ; répondant aux vœux de la communauté des Sages du Nord, les Tuatha Dê Dannan dédaignent tout point fixe et traversent le monde en portant témoignage de la Lumière venue du nord.

Le peuple itinérant livra une féroce bataille à des puissances venues de l'empire des morts et dut s'avouer vaincu. Cette défaite n'était qu'apparente ; en réalité, les Tuatha Dê Dannan, comme les Pythagoriciens, ne réussirent pas à développer l'idéal initiatique dans tous les pays qu'ils fréquentèrent. Les forces obscures étaient celles de la contre-initiation qui, partout et toujours, cherchent à détruire la volonté d'évolution et de transformation.

Rejetés par un univers qui se matérialisait, les émissaires des Sages du Nord s'installèrent au-delà des mers, dans la « plaine de la joie » et la « terre de la jeunesse ». Les fleurs y sont éternelles, des fleuves d'hydromel y coulent, des festins fraternels y sont célébrés. En cette terre où un siècle égale une minute, on ne vieillit pas.

Autrement dit, les Tuatha Dê Dannan rejoignirent le centre primordial de la Tradition nordique où les initiés se régénèrent avant de repartir vers le monde extérieur.

Les Druides furent les fils spirituels des Tuatha Dê Dannan. Les Druides de Gaule reconnaissaient volontiers que leurs initiateurs avaient été les Sages du Nord, accueillant avec joie les initiatives d'ordre spirituel. Prêtres et savants, magiciens et devins, les Druides tenaient beaucoup à leur rôle d'éducateurs ; ils étaient chargés de nourrir l'esprit des jeunes nobles et de conseiller les puissants de ce monde. Sans être liés à une forme temporelle ou politique, les Druides se mouvaient dans une atmosphère subtile d'ombre et de lumière. Leur autorité étant reconnue de tous, ils prodiguèrent un enseignement très proche du pythagorisme. L'idée centrale, semble-t-il, était celle de la transmutation et non celle de la transmigration.

L'être vivant est celui qui parvient à se métamorphoser sans cesse, à dépasser ses propres certitudes et sa propre foi. Les Druides pratiquaient cette religion du mouvement où le seul péché mortel est le statisme, le dogme.

Pour l'homme qui pratique la transmutation, il est nécessaire d'avoir perçu le centre des choses, d'avoir vécu le moyeu de la roue.

Chez les Celtes, ce centre de l'univers était symbolisé par l'île d'Avallon dont le nom se rapproche à la fois de celui d'Apollon, le dieu des Sages du Nord, et de celui de la pomme (grec *apellon*). Apollon fut identifié à une divinité nordique, Aballus, et l'île aux pommes était indissociable de la symbolique de l'ambre et de celle du cygne que nous avons évoquées plus haut.

Sur l'île aux pommes se réunissaient les âmes des rois et des héros, les forces les plus créatrices et les plus subtiles de l'espèce humaine. En Avallon, on ne connaissait ni douleur, ni chagrin, ni tristesse, ni deuil, ni maladie, ni vieillesse.

C'est là que se forgeait quotidiennement l'équilibre de la planète, les Sages du Nord veillant à la préservation de l'harmonie. Sans eux, le chaos envahirait très vite les sociétés qui se croient organisées.

En Avallon sommeille le roi Arthur, le pilier de la communauté chevaleresque. Grâce à lui, la paix et le printemps sont éternels, d'abondantes récoltes poussent bien que le sol ne soit jamais cultivé. A nous de réveiller Arthur, à nous de vivre sur l'île aux pommes qui apparaît dans les brumes de notre conscience dès que nous quittons notre confort intérieur.

Ici-bas, pensaient les Sages du Nord, l'homme n'a pas à connaître une sécurité spirituelle. Son rôle est de cheminer dans les sentiers du mystère, de créer un centre et de l'emporter partout avec lui. Le paradis chrétien meurt d'une malédiction attachée à la pomme, le paradis ésotérique est l'île aux pommes d'or, aux globes de lumière qui sont autant d'expressions de la Connaissance vécue et transmise par les Sages.

L'île aux pommes était aussi l'endroit où la cour des Vierges de la mer célébrait ses fastes ; chaque année, deux moissons, deux récoltes et deux printemps enchantaient la nature. On y trouvait d'admirables perles et les fleurs repoussaient au fur et à mesure qu'on les cueillait.

Neuf sœurs régnaient sur l'île aux pommes ; leur reine était guérisseuse et magicienne. Elle connaissait le secret de toutes les métamorphoses et parcourait en un instant les plus grandes distances ; toutes ses sœurs pratiquaient la science des Nombres et des Noms.

Les neuf sœurs de l'île aux pommes préservent à la fois l'initiation féminine, chère aux Sages du Nord, et l'idéal d'un Paradis qui se trouve sur cette terre et non dans les nuages. Le sens du voyage intérieur n'a rien d'utopique ; il exige de nous le plus grand réalisme et la plus vive lucidité. C'est ici-bas et dès maintenant que se joue l'issue de notre transmutation future.

XIII

LA CONFRÉRIE INITIATIQUE DES LOUPS

Par son nom de « lycien », Apollon est à la fois le dieu-lumière et le dieu loup. Les Grecs considéraient ce jeu de mots comme très important, puisqu'il révélait l'identité de la force vitale et de l'animal tant redouté.

Apollon est « celui de la Louve », « celui né de la louve », c'est-à-dire le fils de Leto transformée en louve sur l'ordre des dieux. Lorsque Apollon regagnait le paradis nordique, un étrange souvenir remontait à sa mémoire : pendant que Leto était enceinte, un loup lui était apparu et lui avait fait don d'une extraordinaire énergie, à la mesure du dieu qui vivait en elle.

Les monnaies de la cité d'Argos associent fréquemment une tête d'Apollon avec un loup courant ou un loup, gueule entrouverte, dont la tête est parfois couronnée de rayons. De la sorte, aucun doute n'est permis : Apollon et le loup sont deux traductions symboliques du même concept.

Pourtant, il est notable qu'Apollon, protecteur des loups, est aussi un tueur de loups. Il défend avec vigueur les troupeaux attaqués et décime les hordes d'agresseurs. Bref, seuls certains loups trouvent grâce aux regards du dieu et font preuve de leur nature céleste.

Bien entendu, c'est à ce loup-lumière que nous devons nous attacher puisque les Sages du Nord en firent l'emblème de la Connaissance sacrée.

Songeons à ce grand loup mâle, au pelage bleu et à la crinière bleue, qui sortit de la lumière pour apparaître au Khan Oghuz. D'une fierté indomptable, l'animal se mit pourtant au service du chef ; marchant devant son armée, il fit office de passeur en lui faisant franchir un fleuve hostile.

Dans la tradition nordique, le loup est un animal noble qui marche au-devant des choses et révèle sa puissance aux hommes dignes de la percevoir. Doté de la vue la plus perçante qui soit, le loup bénéficie du don de divination ; le futur n'a aucun secret pour lui, les événements sont autant de chemins ouverts où il affirme sa force créatrice.

L'énergie née des orages et la vision des comètes et des étoiles filantes développent chez les loups une vigueur surnaturelle ; les mouvements cosmiques animent leur âme, leur corps enregistre fidèlement les vibrations de l'univers.

Le loup aime rechercher l'ambre, ce symbole de sagesse cher aux Sages du Nord. Il le flaire avec beaucoup de facilité et, grâce à lui, entre en communication avec les puissances célestes. Par le maniement de l'ambre, le loup devient chaman et devin, il contemple l'origine des êtres et des choses.

Les anciennes traditions, on le voit, tenaient le loup dans la plus grande estime ; avant l'instauration du protestantisme, les pays nordiques liaient d'ailleurs le loup au Christ, puisque l'animal, comme le Fils de l'Homme, portait la lumière en lui. Ne disait-on pas que la constellation de la Grande Ourse était composée de sept loups qui entretenaient la vie la plus secrète et la plus essentielle ?

Assimilé à cette lumière si particulière qui précède

le plein jour, le loup voyait dans les ténèbres. Aussi n'hésitait-il pas à affronter les forces du mal et de l'obscurité dont il ne craignait pas les pièges.

Lorsque catholicisme et protestantisme s'enfoncèrent dans un rationalisme négateur, ils s'attaquèrent au loup avec la plus extrême violence. Rabaissant l'aventure christique à une quelconque dimension historique, ils nièrent la puissance de l'animal solaire parce qu'il manifestait les véritables idéaux de la civilisation : le symbole, le mythe, la dimension cosmique.

Calomnier le loup et le rendre vil dans la conscience populaire, c'était rejeter le sacré hors de la cité afin de promouvoir une religion dogmatique qui, au lieu de relier les hommes entre eux, les opposait. On sombra alors dans les pires allégories moralisantes ; le loup n'aurait été que l'hiver chassé par le soleil-Christ !

Cette campagne de dénigrement du loup eut, certes, des effets marquants. Mais la tradition nordique demeura vivace dans les confréries initiatiques où l'on appelait le feu « loup des aulnes », où l'on employait le « pied-de-loup », le lycopode, dans les rituels parce que cette mousse réduite en poudre donne une substance inflammable, un « soufre végétal » qui convient à l'épreuve du feu.

Le loup-lumière est immortel. L'évêque saint Loup de Châlon, fidèle à son nom symbolique, appliquait son anneau d'or sur les yeux malades et leur redonnait la lumière. Il perpétuait ainsi la fonction majeure de l'animal : donner l'énergie, donner la lumière, ouvrir les yeux sont autant d'œuvres vivantes qui engagent l'homme sur la voie de sa réalisation.

Dans beaucoup de traditions de l'Asie centrale, le loup est l'ancêtre fondateur de peuples riches et puissants. En s'unissant à une princesse, il marque l'origine mythique de la famille régnante qui, par sa communion avec les forces universelles, se porte garante de l'harmonie de la communauté.

Mongols et Chinois connurent ce loup cosmique qui se prolongeait lui-même par une dynastie humaine ; Hiong-nou, jeté dans un marais, fut recueilli et soigné par une louve. Après s'être uni charnellement à elle, il fit naître un peuple dont les caractéristiques guerrières ne se démentirent jamais. Les T'ou-Kieu ornaient d'une tête de loup en or le sommet de leurs étendards rituels et les officiers de la garde royale se nommaient « loups ». Ainsi, dans les moindres détails de l'organisation sociale, on retrouve la trace du loup mythique dont le sang continue à circuler dans les veines du corps collectif.

Souvent, la louve sauve un enfant que des monarques illégitimes tentaient de supprimer ; elle l'emporte avec elle et se réfugie au nord, dans une contrée à la fois ténébreuse et porteuse de lumière. Loin de l'influence négative des hommes, la louve éveille l'enfant à son devoir de roi puis le prépare à conquérir le trône. Sa légitimité reconnue, le nouveau chef inaugure un règne sans fin.

Dans le Kamchatka, à la fête d'octobre, on fait une image du loup en foin que l'on conserve pendant un an ; ce loup-totem sera, espère-t-on, l'époux des filles du village. Il leur communiquera la sève céleste et les familles prendront une valeur sacrée.

Romulus et Remus, nés du dieu Mars et de la Vestale Rhéa Silvia, sont des fils de la louve ; on pense, en effet, que la Vestale et la louve divine sont un seul et même personnage. L'empire romain dans son ensemble, de même que la royauté étrusque, descend en droite ligne du loup qui, venant des lointaines régions nordiques, étendit son influence jusqu'aux zones méditerranéennes.

Docilité et gentillesse ne sont certes pas des qualités

du loup. Concentrant dans sa symbolique l'essence de la qualité de chef, le loup est un « ravageur ». Pour lui, nulle idée admise, nul tabou, nulle conquête définitive. Allié de la terrifiante déesse Hécate, le loup-lumière joue également un rôle nocturne. Il devient alors un impitoyable carnassier qui n'hésite pas à tuer les égarés et les mauvais chasseurs.

Si le loup n'éprouve aucune pitié pour la faiblesse et la médiocrité, c'est qu'il agit par mandement divin. Une légende bulgare, en effet, raconte que le diable, au prix de grands efforts, parvint à former le corps du loup. Mais, à son grand désespoir, il ne réussit pas à l'animer. En dépit de tous ses maléfices, le démon échoue lamentablement. Le corps du loup demeure inerte. Alors, Dieu intervint. Lui seul pouvait donner le souffle de vie au loup formé par le diable.

C'est pourquoi la majorité des traditions dites « populaires » affirment que le loup est protégé par le Seigneur ; son visage est une bénédiction et, quand il hurle, le bonheur sourit. En Germanie du Nord, on clouait aux portes la tête des loups tués parce qu'elle chassait du village les mauvais esprits des ténèbres. En France, une légende remontant au monde celtique affirme que le loup protège les troupeaux contre tous les animaux nuisibles ; le dieu Vélès des Slèves, berger à tête de loup, remplissait précisément cet office.

Ce loup protecteur de la société humaine et de la société animale peut devenir un Frère pour celui qui sait lui parler et lui faire dire les mots secrets ; l'animal possède un immense trésor, puisqu'il connaît, dans ses moindres détours, la route qui conduit au **Paradis**.

Rencontrer le loup, c'est donc rencontrer l'initiateur.

Le chasseur, pour les Anciens, est celui qui s'enfonce délibérément dans l'invisible et l'inconnu. Il accepte de tout abandonner, de tourner le dos à une sécurité lénifiante. Il affronte les forces de mort, les puissances des ténèbres. Mais son acte apparemment insensé contient le germe de la prise de conscience, de l'éveil à la réalité immortelle de l'âme. Aussi le chasseur, au plus profond du paysage de l'angoisse, découvre-t-il soudain la présence du loup.

Or ce loup est un homme. Un homme puissamment bâti, au regard de feu. Sur ses épaules, la dépouille de l'animal. Sur sa tête, une gueule ouverte, prête à mordre au-delà de la mort physique. Les oreilles du dieu-loup ont remplacé les minuscules oreilles de l'homme, l'initiateur est toute sauvagerie que rien ne peut dompter. Il est l'Hadès des tombeaux étrusques, le Jupiter infernal des gallo-romains, le dieu qui donne rendez-vous au voyageur au moment précis où son existence bascule.

Une précision capitale éclaire la mission du loup : la « gueule du loup » est un nom très répandu de la caverne initiatique où les postulants subissent les épreuves qui les conduiront à la Connaissance. Un bronze d'Oxford et un bronze d'Angoulême sont très explicites à cet égard ; on voit un personnage qui sort de la gueule d'un loup, autrement dit l'initié qui sort victorieusement de la caverne après avoir accompli le cycle de ses transmutations.

A ce point de notre enquête, le doute n'est plus permis : les « sociétés de loups » des Anciens étaient, en vérité, des communautés initiatiques qui centraient leurs recherches sur la révélation des Sages du Nord.

L'homme initié devenait loup, il se transformait en guerrier qui revêtait rituellement la peau des métamorphoses. Toutes les grandes civilisations traditionnelles ont connu ce « passage par la peau » sans lequel l'homme ne peut parvenir à la seconde naissance. En Occident, c'est le loup qui fut le symbole de cette matrice initiatique qui change le regard intérieur de l'adepte et, par conséquent, la société qui l'environne.

Les auteurs latins et grecs parlent souvent de tribus ou de clans de loups dont les coutumes leur sont devenues étrangères ; Hérodote, en parlant des anciens Slaves, écrivait : « Ces Neures paraissent être des sorciers. En effet, les Scythes et les Hellènes habitant la Scythie racontent que c'est une habitude chez les Neures qu'une fois l'an, pour quelques jours, chacun se change en loup, pour revenir ensuite à sa forme primitive » (*Histoires*, IX, 105).

« Peau-de-loup » désigne le guerrier nordique pénétré par l'ivresse de vaincre lorsqu'il livre combat aux éléments, aux hommes ou à lui-même ; « peau-de-loup, chante un poème guerrier, est le nom de ceux qui dans la lutte portent pavois sanglants ; je sais que le Roi juste se fie en ces hardis ».

Parmi les tribus romaines primitives existait celle des Hirpins, c'est-à-dire « ceux du Loup ». Au pied du mont Soracte, les « loups de Sora » (*hirpi Sorani*) menaient un genre de vie très particulier ; ils vivaient de rapines, ne payaient pas d'impôts, ne faisaient pas de service militaire et accomplissaient les rites les plus extraordinaires ; ils étaient capables, par exemple, de marcher pieds nus sur des charbons ardents. Cela assurait, prétendaient-ils, la fertilité de la terre.

On retrouve une caste de guerriers nordiques tout à fait analogue. Vivant aux dépens d'autrui, ces hommes entrent à leur guise chez n'importe qui et obligent les familles à les nourrir. Ils inspirent un effroi général et profitent de toutes les occasions pour l'accentuer. Lorsqu'ils arrivent au combat, ils délivrent l'énergie accumulée auparavant ; on a l'impression qu'ils entrent en transe et que personne ne peut leur résister. Ils combattent nus et n'éprouvent ni fatigue ni douleur : au cœur du combat, ils se transforment en loups implacables.

Si les détails de ces récits paraissent surprenants, leur fond est des plus cohérents. Ils transmettent, en réalité, un certain nombre de cérémonies initiatiques de la plus grande importance. Rappelons, pour nous en convaincre, que la tradition indo-européenne dans son ensemble connaissait les confréries de loups, ces jeunes garçons qui, avant leur initiation, buvaient une boisson fermentée destinée à relâcher les liens du mental et à libérer leur conscience. Certains chamans, quant à eux, portaient des masques de loups lors des célébrations de cultes magiques et accueillaient ainsi leurs nouveaux Frères dans la communauté.

Les guerriers-loups ne sont ni des soldats, ni des combattants ordinaires. Leur conduite témoigne de la toute-puissance de l'irrationnel et des rythmes non tempérés que génère toute parcelle de vie. C'est pourquoi leur conduite est « anormale », en marge des coutumes admises et du « bon ton ». Les guerriers-loups dérangent, agissent autrement, rappellent à la société que son but se situe au-delà des conventions, au-delà d'un temps et d'un espace figés par la sclérose des habitudes.

L'ivresse des guerriers-loups est l'expression non équivoque d'une plénitude de vie ; s'ils marchent pieds nus sur des charbons ardents, c'est qu'ils sont directement en contact avec le feu intérieur. Ils combattent nus, ils s'offrent totalement au dynamisme vital dont ils sont les fils spirituels.

Un ensemble de rites conservé à Rome sous le nom de « Lupercales » préserve d'autres éléments initiatiques. La fête, célébrée le quinze février, se composait d'un sacrifice, d'une course et d'un banquet.

A l'entrée de la grotte du Lupercal où la Louve avait allaité les jumeaux fondateurs, on sacrifiait des chèvres et des boucs. Les peaux des animaux étaient découpées en lanières et utilisées ensuite par la confrérie des Luperques. Deux jeunes gens, représentant symboliquement les créateurs initiés du corps social, étaient amenés devant le prêtre officiant. Ce dernier touchait leur front avec son couteau rougi de sang ; puis il essuyait l'arme avec de la laine trempée dans du lait. Cette tâche achevée, les deux enfants éclataient de rire.

Par le sacrifice et le rire, la communauté religieuse vit à nouveau les premiers moments du monde ; elle fait la preuve que la joie ne peut naître que de l'offrande. Le sang versé est l'image de l'énergie, le rire des deux fondateurs atteste qu'elle demeure présente parmi les hommes.

La fête se poursuit par la fameuse course des Luperques ; de jeunes hommes, qui ne portent pour tout vêtement qu'une ceinture en peau de chèvre, parcourent en courant les rues suivant le tracé des anciennes limites de Rome. Armés des lanières que nous évoquions plus haut, ils frappent ceux qu'ils rencontrent sur leur chemin, et plus particulièrement les femmes. Il ne s'agit point de cruauté, en effet, puisque les assistants cherchent à être atteints ; les femmes offrent leurs paumes grandes ouvertes, car le choc de la sainte lanière avec leur peau leur garantit la fécondité.

Rien d'érotique ni de sadique dans cette « flagellation » ; la fécondité souhaitée est d'ordre spirituel, résultant du « choc » de conscience engendré par l'action du Luperque. Ce dernier pouvait également revêtir une peau de chèvre, signe de sa seconde naissance, et une couronne, symbole de sa royauté intérieure.

Ce personnage étrange du Luperque était donc considéré comme un facteur décisif de fécondité ; on attendait son passage, on désirait ardemment attirer son regard pour que la lanière magique transforme radicalement une existence stérile. Dans cette Rome matérialiste et rationaliste subsistait de la sorte l'un des plus anciens rites de l'humanité et aussi l'un des plus profonds puisqu'il faisait pénétrer l'univers des initiés au cœur de la société.

Le troisième épisode de la fête est le grand banquet réservé aux membres de la confrérie. Contrairement à ce que l'on pourrait croire, les banquets rituels ne constituaient pas des réjouissances populaires mais des cérémonies secrètes que seuls des adeptes pouvaient fréquenter. Le Christ s'est conformé à la tradition initiatique en réservant l'ultime banquet aux Apôtres initiés.

A l'origine des Lupercales se trouvait un dieu Faunus qui se nommait également Lupercus. Assez tôt, le dieu Mars prit sous sa coupe ces antiques divinités et devint le patron de la fête. Malgré ces avatars, le loup demeura l'animal sacré des Luperques qui, à l'origine, formaient une confrérie de douze membres. Symbolisant les douze signes du zodiaque, ils reconstituaient le grand corps cosmique dont ils connaissaient les secrets.

Ces douze Luperques étaient les hommes-loups. Pour Cicéron, il s'agissait d'« une sorte de clan sauvage, agreste et pastoral de Frères-Loups qui s'est formée dans les bois avant l'apparition de la vie policée et l'institution des lois ».

Voilà, certes, un point crucial : les Frères-Loups existaient avant la « vie policée », ils sont hostiles à toutes les formes d'hypocrisie sociale qui fomentent la haine en prétendant l'interdire. C'est pourquoi le Frère-Loup fut souvent un errant, un fugitif ou un exilé ; en Europe du Nord, on appelait « loup » ou « homme des bois » l'homme qui était exclu d'un village. Personne n'avait le droit de l'héberger, de lui donner quelque chose ou de faciliter son existence matérielle de quelque manière que ce soit. Il était même interdit de lui adresser la parole.

L'« exclusion » est, en réalité, l'une des plus nobles épreuves initiatiques. L'individu quitte le douillet cocon de la communauté profane afin de devenir un homme conscient de sa fonction. Par la voix de ses pères, il a appris que le guerrier est le loup solitaire qui erre à travers le monde, l'être que personne n'apprivoisera jamais. Il est nécessaire d'accomplir la terrible expérience de la solitude pour apprécier les richesses de la fraternité.

A Sparte, le Couros, nom spécifique de l'initié Lacédémonien, se terrait dans les montagnes. Il devait échapper à tous les regards ; si, par un terrible hasard, un être humain l'apercevait, c'en était fait de sa libération future. Le Couros vivait comme un loup, se contentant de rapines, souvent maigres, pour assurer sa subsistance. Dans plusieurs parties du monde, le jeune initié est ce loup voleur et chapardeur qui fait l'apprentissage de l'exil.

Les loups sont donc de jeunes gens admis aux épreuves initiatiques et obligés de s'éloigner des milieux connus. Songeons à l'état d'esprit du jeune garçon ; depuis son enfance, il assiste au déroulement normal des relations humaines, au cérémonial quotidien réglé depuis les siècles des siècles. Les valeurs sont affirmées, les Maîtres sont présents et enseignent. Le jeune garçon désire entrer dans cette communauté des Maîtres, découvrir les mystères qu'ils détiennent.

Ce désir ardent, pense le jeune homme, sera forcément récompensé ; de fait, un jour vient où le Maître annonce que le chemin de l'initiation va s'ouvrir. L'apprenti bondit de joie, il obtient enfin la récompense tant espérée. Mais ce bonheur est de courte durée.

Cette initiation est un refus, une exclusion ; le Maître chasse le néophyte du village, lui ordonne de s'éloigner des lieux habités. Il ne lui donne aucune nourriture, aucun conseil ; qu'il se débrouille seul, qu'il survive à sa manière.

Souvent, les habits du proscrit sont suspendus à un arbre. Il abandonne sa « vieille peau » et la remet au Frère arbre ; puis il traverse un lac, purifiant son âme et revigorant sa puissance intérieure avant de partir en voyage.

Pendant un an pour les néophytes, pendant sept ou neuf ans pour les adeptes qui repartent en vue d'obtenir la Maîtrise, c'est la solitude absolue. Parcourir les routes, explorer son propre silence, découvrir les sites où vécurent les sages... tel le Compagnon sur le Tour de France, le Frère-Loup doit aller au bout de sa Quête, retrouver le fil d'Ariane de la transmission initiatique et faire de sa vie un chef-d'œuvre.

Le Frère-Loup, s'il pratique bien l'art, découvrira une terre nouvelle où jamais un humain ne pénétra. Il s'y établira le temps de son épreuve, y apportera la civilisation qui lui fut offerte et qu'il doit offrir.

Quand le dieu Mars ouvre la fête du printemps des dieux, il est à la tête des jeunes postulants qui partent vers les terres inconnues. La première solitude étant vaincue, ils pourront devenir des découvreurs, ouvrir de nouvelles fenêtres dans l'invisible.

L'initiation des Frères-Loups était des plus rigoureuses. Elle ne laissait aucune place au hasard, et ceux qui sortaient victorieux de l'errance et de la peur méritaient vraiment de siéger au conseil des Maîtres.

La tradition a enregistré de nombreuses histoires concernant l'initiation des Frères-Loups ; certaines d'entre elles, particulièrement significatives pour notre enquête, relatent de surprenants événements.

La chanson de Volund nous parle de femmes-cygnes

qui, venant du sud, volèrent vers la région du bois sombre qu'elles franchirent aisément. Fatiguées, elles descendirent du haut des cieux et atterrirent sur la rive d'un lac où elles se reposèrent. Là, elles se consacrèrent un temps à des travaux domestiques et filèrent un lin d'une grande pureté.

Les trois femmes rencontrèrent trois frères en cette contrée ; la plus belle épousa Volund, les deux autres ses deux frères. Les trois couples vécurent d'heureux moments mais, un soir, les trois frères trouvèrent la maison vide. Les deux frères de Volund partirent à la recherche de leurs épouses.

Volund, quant à lui, refusa de s'éloigner de ce lieu magique où les filles du ciel s'étaient unies à des mortels.

Le récit nous en révèle le nom : la « Vallée-au-loup ».

Volund, à l'évidence, est l'un des Frères-Loups qui, en compagnie de deux autres « Frères », avait reconstitué une petite communauté. Ses deux compagnons préférèrent chercher ailleurs leur vérité, Volund décide de creuser le mystère à l'endroit où il s'est manifesté.

A la Vallée-au-Loup, Volund devient forgeron. Il travaille l'or rouge et sort du feu bagues et joyaux. Malgré lui, sa réputation d'artisan de génie se développe.

Le souverain des Niars envoie ses sbires capturer l'homme de la Vallée-au-Loup. Ils se saisissent de lui et l'enchaînent. Le mauvais roi accuse Volund d'avoir volé l'or qui lui sert de matière première ; suprême injure, la fille du roi s'empare d'une bague que Volund réservait à sa femme-cygne.

On n'emprisonne pas un Frère-Loup. On ne le condamne pas à l'immobilité. Volund se libère et sa vengeance d'homme libre est terrible ; il tue le fils du roi, brisant ainsi une dynastie indigne et envoie à la fille du roi des parures faites avec les parties du corps du jeune homme. Puis Volund obtient une autre libération : son œuvre de forgeron et de hors-la-loi accomplie, il ressent un formidable appel vers l'espace ; des ailes lui poussent, il s'envole et disparaît.

Le Frère-Loup Volund va rejoindre la femme-cygne ; fidèle à sa révélation d'initié, il est passé par la maîtrise du forgeron, a dispersé les forces maléfiques propagées par le roi indigne et s'est enfin détaché des apparences.

La saga de Fridtjof met en relation le Frère-Loup et le paradis ; lorsque Baldershage, le pays merveilleux où régnait la lumière, est détruit par le feu à cause de deux mauvais rois, le héros Fridtjof laisse éclater son désespoir : « A Baldershage la flamme luit, mais je suis désormais proscrit, et j'ai comme nom " Hors des lois ". » Le héros précise : « Je m'appelle Voleur ; j'étais cette nuit chez le Loup ; je viens du pays qu'on nomme regret. »

Le héros prend soin de rappeler qu'il a passé la nuit chez le Loup, chez le Maître initiateur. Cette nuit, comme toutes les nuits d'initiation, dura probablement plusieurs mois avant que le jour ne se lève dans la pensée de Fridtjof. Naturellement, ce dernier devient un errant et « hors-des-lois » puisqu'il se situe au-delà des lois humaines et cherche à faire rayonner l'enseignement initiatique. Mais Fridtjof constate la destruction du Paradis, du centre spirituel où on lui aurait accordé les clefs ultimes ; pourtant le feu du lieu saint brillera toujours, pourtant il n'est détruit que dans les yeux incapables de voir assez loin. Fridtjof repart à l'aventure, le Frère-Loup créera un nouveau paradis, hors des conventions et des idées toutes faites.

Siegmund, le possesseur d'une grande épée magique qui reliait entre eux les étages du cosmos, devint Frère-

Loup d'une manière particulièrement dramatique. Son père, Siggeir, est battu en combat par Woelsung qui fait ses dix fils prisonniers. Les dix malheureux sont entravés et abandonnés dans une forêt. Les dix jeunes gens s'encouragent mutuellement, effrayés par les sortilèges nocturnes de la forêt. A minuit, leurs craintes prennent une forme précise ; une louve sort des ténèbres et s'approche du groupe de prisonniers. Elle les fascine de son regard rouge et creux, puis engloutit l'un des jeunes gens.

Pendant neuf nuits de suite, la louve accomplira son sinistre travail. Siegmund est le dernier survivant. Anxieux, il attend la venue de la louve, l'ultime apparition de la dévoreuse. Il a vu le massacre de ses frères sans pouvoir leur prêter le moindre secours ; ils étaient trop terrorisés pour se défendre.

Pour la dixième fois, la louve s'avance hors des ténèbres. Le dernier otage est à sa portée. Au moment où elle se rue sur Siegmund, il l'enserre dans ses bras ; la louve ouvre la gueule, Siegmund lui arrache la langue. Folle de douleur, la bête n'offre plus que des soubresauts ; le héros la tue.

Siegmund apprend l'étonnante vérité : l'horrible louve était la mère de Siggeir qui se changeait en bête et qui tuait les fils de son fils.

Le schéma initiatique est rigoureux : le dixième, l'homme symbolisant le retour d'un nouveau Un après l'écoulement des neuf premiers nombres, est le prototype de l'initié. Il assiste au massacre des neuf dans la forêt car il n'a pas le droit d'intervenir ; les neuf premiers doivent mourir afin que le dixième naisse. La Louve est la Mère de la communauté ; elle met ses fils à l'épreuve en les mangeant, en les intégrant à sa chair qui est, en réalité, la Tradition initiatique. Les neuf entrent dans son giron et suivent une voie toute tracée. Mais le Frère-Loup Siegmund tue la Mère ; il dépasse une certaine forme de la Tradition, il quitte le stade réceptif et devient créateur.

Un récit complémentaire nous apprend comment Siegmund fut élevé rituellement à la dignité de Frère-Loup. Siegmund et Sinjfoetli se promènent dans la forêt, guidés par une étrange inspiration. A leur grand étonnement, ils trouvent deux peaux de loups suspendues au mur d'une hutte. Elles appartiennent à deux fils de roi qui, métamorphosés en loups, ne peuvent quitter leur peau que tous les dix jours.

Siegmund et Sinjfoetli revêtent les peaux de loup. Pour eux, c'est l'occasion inespérée de connaître le secret des fils de roi et, sans doute, d'entrer dans la confrérie très fermée des Frères-Loups.

De bizarres transformations commencent à se produire dans l'esprit et le corps des deux compagnons. Mal à l'aise, ils ne réagissent plus comme des humains ; une puissance monte en eux, une ardeur inconnue habite leurs mouvements. Soudain, l'extraordinaire s'affirme : les deux compagnons poussent un cri de loup.

Dès cet instant, ils parlent et comprennent le langage des Frères-Loups. Ils s'enfoncent dans les forêts où les hommes n'ont jamais pénétré, ils entrent dans les huttes initiatiques où nul profane n'est admis.

Cette évolution intérieure s'accompagne de dures épreuves ; les deux compagnons ne peuvent plus enlever leur peau de loup, ils souffrent mille morts en quête de nourriture, de gîte et d'amitié. Seul le prodigieux langage des loups leur permet de continuer et d'aller jusqu'au bout de leur initiation.

Les deux Frères-Loups reçoivent alors l'autorisation de quitter leurs peaux rituelles. Ces peaux, d'origine royale, ont été « vécues » par des initiés ; elles n'appartiennent qu'à eux, elles contiennent leur « testament « initiatique ; aussi sont-elles jetées au feu par leurs possesseurs, de sorte que ces derniers soient purifiés spirituellement.

Le dixième chant de l'*Iliade* nous entretient de l'échec tragique du Frère-Loup Dolon. Se préparant à une expédition nocturne, Dolon se revêt de la peau d'un loup gris ; sur son dos, il attache une peau de loup, sur sa tête il met la gueule ouverte de l'animal. A ses bras, il adapte les pattes de devant, à ses jambes les pattes de derrière.

Cette précieuse description illustre à merveille la manière dont s'habillait un Frère-Loup ; pour un profane ou un non-averti, la vision d'un être aussi étonnant devait, à coup sûr, prendre des dimensions effrayantes.

Dolon, dans la fraîcheur de la nuit, part vers ses ennemis dont il veut couper la tête. Malgré son courage, il échouera, vaincu par le nombre. La mort sera son châtiment, et, pire encore, on lui coupera la tête. Le hors-la-loi Dolon, en dépit des capacités acquises, a subi le châtiment qu'il désirait imposer à ses adversaires. En échouant, Dolon s'est exclu lui-même de la société profane et de la société sacrée ; fort logiquement, il perd la tête, le lieu du corps où se trouve le temple intérieur. Chez les Celtes et, plus tard, chez les Francs-Maçons, on évoquera la tête coupée comme d'un juste châtiment infligé à ceux qui trahissent l'esprit de la communauté initiatique. Avoir la tête coupée, pour un Frère-Loup, c'est effectivement perdre tout sens de l'orientation et de l'aventure.

Le bourg de Témésa, en Italie du Sud, était hanté par un être monstrueux qu'on appelait curieusement « Le Héros ». Son histoire était profondément émouvante ; de son vivant, « le Héros » accompagnait Ulysse dans ses périples et il avait débarqué en ce lieu enchanteur. « Le Héros », rencontrant une belle jeune fille, n'avait pas su résister à son instinct ; il l'avait violée et, à la suite d'une rapide enquête, avait été arrêté et lapidé.

Comme tout héros, le malheureux possédait un « démon », tantôt bénéfique, tantôt maléfique ; étant données les circonstances, le démon décida de faire payer leur cruauté à ces villageois impitoyables. Régulièrement, il attaqua les habitants de Témésa et leur fit subir mille maux. On alla consulter la Pythie qui fut catégorique : chaque année, il faudrait offrir au démon la plus belle fille du village.

Des années durant, on exécuta les ordres de la Pythie. Un jour, le beau et courageux Euthymos passa par Témésa. Il y séjourna quelque temps, et son cœur s'éprit d'une fille magnifique dont il voulut faire sa femme. Mais la malheureuse était la prochaine victime destinée au démon !

Euthymos refuse d'accepter la fatalité. C'est lui qui se rendra au funeste rendez-vous. Il sauvera à la fois celle qu'il aime et les habitants de Témésa.

Euthymos, la gorge serrée, attend la venue du démon. Et son angoisse augmente lorsqu'il le voit venir vers lui ; « le Héros » est noir de chair, d'une grande taille et sa force paraît considérable. Il hurle son nom : « Loup » !

Comme tant d'autres postulants à la Connaissance, Euthymos affronte le loup initiateur. Déployant toutes les forces de son esprit, de son cœur et de son corps, le jeune homme vainc le loup. Aussitôt, le démon redevient héros et sa première action consiste à favoriser le mariage du nouveau héros et de la fiancée sauvée de la mort. Le loup ne terrorisait que les faibles ; il tenait prisonniers des villageois qui ne méritaient pas d'autres sorts. Grâce à la venue d'un initiable, la Connaissance refleurit de nouveau en ces lieux et le loup peut accorder bonheur spirituel et jouissance matérielle.

Le loup vaincu est facteur de plénitude pour l'homme de Connaissance. Il prend, à ses côtés, le rang de compagnon fidèle qui lui enseigne les chemins du ciel et de la terre. A ce sujet, il nous faut parler de Marzin, « l'homme merveilleux » de la tradition celtique. Il est l'héritier direct du petit-fils du soleil, Marsus. Ce dernier vit le jour dans une île enchanteresse, naissant des amours d'un Génie et de la grande déesse de la magie ; connaissant les vertus et les secrets des plantes, Marsus sauva nombre de malheureux. Il était surtout « spécialisé » dans la guérison des morsures de serpents.

Dès qu'il était prévenu de l'attaque d'un serpent, Marsus chantait d'une certaine manière des mélopées magiques ; sa voix faisait lâcher prise au reptile et le mage appliquait sa salive sur la partie blessée. Les effets du poison étaient aussitôt anéantis.

La sagesse et la puissance de Marsus étaient telles qu'un peuple, les Marsi, prolongea son œuvre. Détenteurs de la science sacrée de leur chef, ils furent de célèbres médecins et enchanteurs de serpents.

A l'origine de cette magie curative se trouve le loup. Toujours aux côtés d'Apollon, d'Odin et de saint Hervé, autres grands guérisseurs, le loup fut le compagnon familier de Marzin, le continuateur celte de Marsus.

Marzin, comme l'ensemble des initiés, possédait trois royaumes : l'un plein de fleurs, l'autre de fruits d'or, le troisième de nains joyeux. Il y récoltait le parfum et la saveur du monde, il y partageait l'expérience des sages du monde souterrain, symbolisés par les nains. Mais l'authentique royaume de Marzin l'enchanteur est l'île de Bretagne où, auprès des Sages du Nord, il apprend à régner sur tout ce qui vit.

Le compagnon-loup veille sur le bon exercice de ces immenses pouvoirs. L'enchanteur doit d'abord régner sur lui-même et se faire le fidèle serviteur de l'Harmonie ; le loup s'en porte garant.

Les saints chrétiens vécurent, eux aussi, l'épreuve du loup et surent attirer sa confiance et sa protection. Saint Finnian de Clonard fut l'un des premiers à tenter la christianisation de l'Irlande qui, comme chacun sait, ne fut jamais totale. Finnian n'avait pas froid aux yeux ; il choisit un lieu pour fonder sa première église. Le roi du pays accourut sur-le-champ ; son nom est des plus significatifs : « Tête-de-loup » ! Bien entendu, le saint le convertit à la foi chrétienne et, comme dit le récit, le loup devint agneau. Vision très conformiste et très déformée de la réalité ; le combat du saint et de « Tête-de-Loup » ne dut pas manquer de vigueur. Le saint prouva sa qualité d'initié au roi initiateur, et les deux Frères se reconnurent alors en tant que tels.

L'Irlandais saint Kevin, dit « le vertueux », était un splendide athlète aux cheveux blonds qui ne cachait pas son goût pour la lutte et les combats. A la suite d'un entretien amical avec un ermite nommé Besanum, ce dernier demande à Kevin de surveiller sa vache. Le saint accepte de bon cœur.

Kevin découvre la vache en train de mettre bas un veau ; un spectacle plus extraordinaire se révèle à ses yeux : une jeune louve, mourant de faim et langue pendante, se dirige vers lui. Il est évident qu'elle n'a aucune intention agressive. Kevin examine la louve dont l'état lui paraît lamentable. Il prend alors une décision quasiment inacceptable pour une mentalité profane : puisque tu es affamée, dit Kevin à la louve, mange le veau nouveau-né.

Ainsi fut fait. La vache, profondément affligée, exprime sa douleur en mugissant ; encore toute dolente, elle rentre chez son maître afin de lui faire percevoir son chagrin.

Kevin ne demeure pas inactif. Il entraîne la louve dans la forêt et converse longuement avec elle. Tu te tiendras auprès de cette vache, lui ordonne-t-il ; elle t'a sauvé la vie en te donnant le meilleur d'elle-même, tu lui dois amour et tendresse. A l'heure de l'allaitement, tu iras près d'elle et tu te comporteras comme son enfant. La louve acquiesce.

« Or la vache, narre le texte, quand elle vit la louve, se mit à l'aimer comme une mère aime son enfant ; et chaque fois que c'était l'heure d'allaiter, aussi longtemps que la vache eut du lait, la louve arrivait de la forêt et tétait cette vache qui lui donnait doucement son lait. »

L'aspect merveilleux de la légende n'obscurcit pas sa signification ésotérique ; les civilisations de la vache et du loup sont les plus opposées qui puissent se concevoir, celles du sédentaire et du nomade. La sécurité et l'aventure sont soudain mises face à face par l'intercession d'un initié. Et, contre toute logique, la vache et la louve sont capables de vivre une authentique fraternité. Certes, elle n'a qu'un caractère éphémère ; mais l'acte accompli demeurera éternel dans son essence. La louve connaîtra à jamais le secret de la vache et la vache celui de la louve.

Lorsqu'un loup déroba un objet précieux à la porte du château des Lopis, au cœur du Moyen Age, panique et fureur s'emparèrent de la noble maisonnée. Le seigneur et sa famille se ruent à la poursuite de l'animal.

Soudain, ils perçoivent un grand vacarme. Se retournant, ils constatent qu'une partie du château s'est écroulée, de nombreuses personnes sont ensevelies.

Malgré ces épouvantables malheurs, le seigneur de Lopis, non content de porter le nom du loup, choisit comme blason : « de gueules, au loup d'or, passant au pied d'un château d'argent ». Rouge, or, argent : trois couleurs qui, par un dégradé symbolique, expriment à merveille l'expérience initiatique du seigneur de Lopis (1). Le loup a provoqué la ruine de ce qui était caduque ; les nobles en esprit sont sortis de la ruine. En suivant le loup, ils ont découvert leur blason, le nom secret qui vit au cœur de l'être.

S'il est un mythe qui anima d'une manière extraordinaire le cœur des hommes du Moyen Age, c'est bien celui de Saint-Jacques-de-Compostelle, le pèlerinage étant considéré comme l'acte essentiel, puisqu'il « déplaçait » l'âme en direction de sa source. Le pèlerin ne se contentait plus de réagir à la moindre impulsion venue de l'extérieur ; il prenait son destin en mains et se dirigeait vers le centre de toutes choses.

Or saint Jacques, autour duquel s'organisa le plus grand pèlerinage de la chrétienté, est un fils de la Louve. A sa mort, ses disciples assistèrent à un grand miracle : le corps du saint s'éleva dans les airs et rayonna en plein cœur du soleil. Puis le saint conduisit le soleil vers l'orient, vers le pays où il souhaitait que fût sa sépulture. Consternés, les disciples restèrent muets un long moment ; puis ils se mettent en route vers l'est afin de retrouver le corps de leur Maître et de l'enterrer selon les rites.

Les disciples de saint Jacques, après un long voyage, savent qu'ils viennent d'entrer dans le pays où le Maître les attend. Ce pays a une reine. Cette reine détient la clef du mystère. Elle se nomme la reine Louve.

Louve n'est pas accueillante au christianisme et à ses saints. Elle avait déposé sur une grande pierre le corps de Jacques, l'abandonnant aux vents et aux

---

(1) Sur la symbolique du blason et les fondements essentiels de l'art héraldique, voir notre livre écrit en collaboration avec P. Delaperrière, *De sable et d'or*, Editions des Trois Mondes, 1976.

pluies ; mais la pierre s'était d'elle-même pétrie comme de la cire autour de lui et façonnée en forme de sarcophage.

Un initié du rang de Jacques était obligatoirement un bâtisseur travaillant à la fois sur la pierre et sur l'homme ; pour lui, les matériaux sont les amis les plus chers. La pierre est vivante, elle est amour. L'énergie qu'elle contient s'est mise d'elle-même au service du saint.

La reine Louve ne s'avoue pas vaincue. Espérant jouer un tour pendable aux disciples, elle leur recommande d'escalader le mont Ilianus où ils trouveront certainement l'endroit adéquat pour ensevelir le corps de Jacques. Sur le mont, prétend-elle, il n'y a que de braves et paisibles bœufs.

Comme ils approchent du sommet, les disciples, confiants, sont saisis d'effroi : un énorme dragon à l'haleine pestilentielle se prépare à les attaquer. Seule arme possible : l'acte magique par excellence, le signe de croix. Le dragon n'y résiste pas. Il crève par le milieu du ventre et se transforme en fumée. Le danger n'est pas écarté ; les prétendus bœufs sont, en réalité, des taureaux sauvages et leur charge collective n'a rien d'amical. Le signe de croix, une seconde fois, sauve les disciples : les taureaux, apaisés, deviennent effectivement de paisibles bœufs.

Instruits dans l'art symbolique, les disciples ne dédaignent pas la force des taureaux domptés. Ils savent que ceux-ci, au cours des âges, ont souvent aidé les Maîtres d'Œuvre et les initiateurs. Aussi laissent-ils aux taureaux domptés le soin de tirer une lourde charrette sur laquelle a été placé le corps de Jacques.

D'eux-mêmes, les taureaux suivent la bonne route qui conduit au palais de la reine Louve. Elle contemple avec respect le corps du saint et accorde aux disciples tout ce qu'ils demandent. Jouant elle-même le rôle de Maîtresse d'Œuvre, elle fait construire une église splendide qui abritera le corps vénérable et deviendra un foyer de bénédictions.

Jacques, en s'élançant magiquement vers l'Orient, s'est mis en quête de l'Origine. La reine Louve est mère de tous les saints, elle est la matrice première d'où sortent les initiés et les constructeurs. C'est donc sur ses terres, dans le sanctuaire des Connaissants construit par la Mère, que reposera Jacques après avoir accompli son œuvre dans le monde.

Loup se dit *blez* en celtique et l'on reconnaît sa présence dans des provinces comme le Blésois ou la Beauce et dans les nombreuses localités nommées Les Blais, Blaise, etc. Le christianisme, comme à l'accoutumée, sanctifia ces noms par la venue d'un saint Blaise dont l'existence historique est plus que douteuse. Il s'agirait d'un certain Blasios, évêque originaire d'Arménie, qui aurait subi le martyre en 316 ; il périt déchiré par des crocs ou des peignes de fer. Ce « saint Loup », en entrant dans l'éternité des bienheureux (ce que les anciens nommaient l'initiation) prit une position des plus marquantes : il devint patron des cardeurs de laine et fut également invoqué par les maçons qui raclaient leur plâtre avec une ripe.

Blaise se rattache au germanique *blasen*, « souffler » ; c'est pourquoi saint Blaise est le maître des tempêtes, des vents violents et de l'ensemble des perturbations de l'air. Authentique magicien, il rétablit l'ordre dans le cosmos et veille à ce que l'énergie dispersée ne soit pas nuisible. Comme les Maîtres en esprit, Blaise est capable de marcher sur les eaux. Comme les Maîtres, et surtout comme les serviteurs du Principe ; rappelons qu'en Egypte le bon serviteur est celui qui « marche sur les eaux de son Maître ». Autrement dit, il parcourt l'énergie de celui qui oriente, il se déplace d'une façon immatérielle sur la surface énergétique créée par la pensée d'un connaissant. Le Christ reprendra le symbole à son compte.

La fête de saint Blaise était une mystérieuse cérémonie du vent, si mystérieuse que les marins scandinaves, directement concernés par les bienfaits de Blaise, n'osaient pas en parler. Le loup était le cœur de la fête ; lui qui avait été animé directement par Dieu demeurait le seigneur des souffles, l'être errant qui déplaçait la pensée et les sentiments des hommes dans ses propres mouvances. Compagnon de Blaise, il donnait au saint la possibilité d'entrevoir d'autres espaces où flux et reflux de l'énergie dépassaient la dualité du bien et du mal.

Si la plupart des rencontres avec le loup sont des luttes féroces avec le meilleur des combattants, il est une autre manière d'entrer en contact avec l'initiateur. Dans les champs, le loup aime prendre la forme d'un nain hirsute, peu amène, plus rapide à la course que n'importe qui. Si les moissons ondulent sous le vent, c'est que le « loup des blés », nain aussi vif que l'air, se plaît à les parcourir. Les adeptes s'en aperçoivent et organisent la chasse ; le loup se réfugie dans le dernier coin du champ après leur avoir échappé maintes et maintes fois. Les adeptes capturent le loup ou, plus exactement, reconnaissent qu'il s'est laissé capturer. Ils font semblant de le tuer avec de la chaux puis proclament sa résurrection ; ils ramènent le loup vers les lieux habités et le portent en triomphe. Ces belles réjouissances se terminent par un banquet réunissant adeptes et paysans.

Sous la forme du nain, le Frère-Loup est l'alchimiste, le forgeron des dieux qui, de temps à autre, sort des cavernes où le plomb se transmute en or et vient annoncer la « bonne nouvelle » à ceux qui ont des oreilles pour entendre et des yeux pour discerner la réalité sous l'apparence. Dans les champs, chacun sait que Frère-Loup a creusé les sanctuaires de dessous terre où sont entassés les trésors cachés depuis l'aube de la création. Le nain-loup ne refuse pas d'en parler ; au chercheur de l'attraper, de le tuer, de le ressusciter.

Les traditions dites « agraires » ou « populaires » ne sont pas des assemblages débiles ou des rites conçus par des cerveaux primaires ; il s'agit, en réalité, de mises en action de l'Eternelle Sagesse à des moments précis de l'année correspondant à des moments cosmiques où ciel et terre sont en harmonie. Chaque activité de l'homme peut être sanctifiée si l'homme lui-même se sacralise ; l'homme initié donne un sens à tout ce qu'il fait.

Les bienfaits du loup ne doivent pas oblitérer son caractère de guerrier. Les Sages du Nord ont voulu qu'il soit l'expression d'une initiation où le combat et la noblesse virile tiennent le premier plan. Le dieu Wotan, qui ne se nourrit que de boisson, jette les mets solides aux deux loups qui se tiennent à ses côtés. De fait, les loups ont la charge de « digérer » les éléments matériels du monde et de les diviniser.

Lorsque Thor interroge Odin-Wotan, habillé en passeur, sur le nom et la fonction de son bateau, le dieu aux loups répond :

> « Mon Bateau se nomme Loup-de-Combat ;
> Celui qui me le confia,
> Le sage guerrier qui réside
> Au Raz-des-îles-du-conseil
> Il m'a défendu de passer
> Pillards et voleurs de chevaux,
> Rien que des bons que je connaisse bien... »

Or Loup-de-combat est le surnom d'Odin lui-même ; le dieu se matérialise par une embarcation qui fait passer « les bons », du connu à l'inconnu. Ceux qui sont sortis indemnes de la gueule du loup, de la caverne initiatique, traversent le fleuve de vie sur un bateau-loup.

Ces « bons » sont les héros qui rejoignent Odin dans la salle du Walhall où les tuiles sont des boucliers et les chevrons des lances. L'immense salle comprend plus de cinq cents portes ; huit cents guerriers sortiront en même temps par chacune d'elles lorsqu'il faudra combattre le Loup.

Le combat entre les héros et le loup cosmique exige que l'on s'y attarde. Les premiers êtres vivants sur la terre furent les géants, antérieurs aux dieux selon la tradition nordique. Lorsque les dieux établirent leur gouvernement sur la planète, ils rejetèrent les géants dans les « pays du givre ». De là découlèrent de nombreuses luttes entre les géants et les dieux ; la plus effroyable d'entre elles sera déclenchée par le loup géant Fenrir.

Fils de l'abîme primordial, Fenrir, d'une voracité incroyable, est l'ennemi juré des dieux. Les Ases, conscients du danger, veulent l'enchaîner mais le loup géant brise toutes les chaînes, même les plus solides. Nains et forgerons sont chargés de créer une chaîne magique qui empêchera de nuire le monstrueux animal. A la suite d'un travail acharné, les artisans proposent un ruban doux et soyeux. Malgré son apparence fragile, ce ruban ne peut être rompu car il réunit les six éléments qui rendent les choses incassables : le miaulement du chat, la barbe d'une femme, les racines de la montagne, les tendons de l'ours, le souffle des poissons, la salive de l'oiseau. Ces ingrédients qui défient la raison et les possibilités humaines forment, par leurs proportions, un lien indestructible.

Tour à tour, les dieux tentent en vain de rompre le ruban. Puis ils lancent un défi au loup monstrueux :

si tu es le plus puissant et le plus fort, prouve-le !
Laisse-toi attacher et brise ce ruban fragile !

Fenrir pressent le piège, mais son honneur est en jeu. Lui, le loup géant, ne peut pas reculer devant un défi. Pourtant, il prend une précaution ; si les dieux sont sincères, s'ils ne lui tendent pas un guet-apens, que l'un d'eux mette sa main dans sa gueule pendant l'épreuve. Désespérés, les dieux sont obligés de céder aux volontés de Fenrir ; le dieu Tyr met sa main droite dans la gueule du monstre.

Les dieux enchaînent Fenrir avec le ruban magique. Le loup bande ses muscles, il déploie sa formidable énergie. Comme il le pressentait, aucune force au monde ne saurait rompre le lien magique. Dès qu'il en est persuadé, sa gueule se referme et le dieu Tyr perd sa main droite.

Aucun des deux clans ne sort indemne de l'horrible aventure. Fenrir est enchaîné, mais Tyr est à jamais mutilé. Le monde des dieux n'est plus complet ; il lui manque une main droite, un levier d'action incomparable. De plus, le loup est animé d'un désir de vengeance qui finira par s'accomplir.

Un soir de tempête, une vieille femme vivant dans la forêt de fer, mit au monde une portée de loups. Dès les premières secondes de leur existence, ils manifestèrent une terrible férocité, comme si leur destin était voué à la destruction.

A cette période, le monde des dieux est en déséquilibre. Trop avides d'or et de richesses matérielles, ils ont commis la faute impardonnable : la violation de leurs serments.

L'un des mâles de la sombre portée entre en action ; il poursuit le soleil et, après une chasse éperdue dans le cosmos, le saisit dans sa gueule. Le soleil devient noir, la lumière ne parvient plus à la terre. Le cours des saisons est interrompu, d'immenses loups avalent les astres un à un, le froid et la neige envahissent tout, les Frères s'entretuent.

« C'est le temps des épées, chante l'aède, le temps de la hache qui fend les boucliers ; c'est le temps des vents, le temps du Loup, jusqu'au jour où le monde sera passé. »

Le loup Fenrir, délivré de ses entraves, participe avec acharnement au bouleversement cosmique ; du feu jaillit de ses yeux et de ses narines. Sa mâchoire supérieure touche les cieux, sa mâchoire inférieure touche la mer ; il engloutit tout ce qu'il rencontre. Et le plus affreux désastre est consommé : le loup tue Odin, le maître des dieux.

Le loup provoque la fin du monde, certes, mais le châtiment dont il est responsable découle de l'inconduite des dieux. Le loup, dans sa fonction suprême de guerrier initiateur, ne permet pas que les forces cosmiques se matérialisent et dévient de leur source. Dans une communauté initiatique, le loup est le gardien des rites. C'est sur lui que repose la stricte observance des valeurs sacrées, des cérémonies qui créent la vie, des symboles qui épanouissent l'homme.

L'humanité, lorsqu'elle s'enfoncera dans le profane au mépris de toute réalité initiatique, sécrétera son propre loup qui mettra fin à un monde sclérosé.

Une vieille coutume lettone exigeait que l'on sacrifiât, à la croisée des chemins, une chèvre en l'honneur du loup. On reconnaissait ainsi le loup comme un symbole du centre de toutes choses, comme un maître de la croix où le voyageur s'assume et se révèle à lui-même. C'est sans doute pourquoi les Mandan décrivaient le premier homme comme un être de haute stature, portant une cape faite de quatre peaux de loups blancs. Venant du centre et de l'origine, il portait en lui les quatre loups immaculés de l'espace sacré qu'il transmettait aux hommes.

Guerrier initiateur, gardien de la rectitude rituelle, impitoyable censeur des déviations d'ordre spirituel, le loup est aussi l'un des symboles du Maître d'Œuvre. Le fait ne doit pas nous surprendre, car le Maître d'Œuvre est l'archétype idéal de l'Homme réalisé qui, parvenu au terme de son initiation, ne connaît plus qu'un seul amour : construire.

Le dieu-loup était le chef des aventuriers du Latium qui bâtirent Rome ; en Crète, l'architecte Miletos fut nourri par des loups que lui envoya son père Apollon. En Argolide, le temple d'Apollon fut fondé à la suite d'un combat entre le loup et le taureau, animal fondateur par excellence. A Delphes, à l'époque du déluge de Deucalion, ce sont les hurlements d'un loup qui sauvèrent les hommes de la noyade ; se guidant grâce à ces cris, ils atteignirent les pentes du Parnasse où ils bâtirent Lycoréia. Dans le sanctuaire, un loup de bronze veillait sur le trésor.

On pourrait accumuler nombre d'anecdotes mettant en relief le rôle du loup bâtisseur. Il suffira de préciser que les Tailleurs de pierre de Liberté, les fils de l'architecte Hiram se nommaient « Etrangers » ou « Loups », deux termes pratiquement synonymes. Le Loup initié sera toujours étranger aux contingences terrestres, il habitera au cœur de la vie, il ne connaîtra ni habitude ni routine.

Le Compagnon-Loup ne fut assujetti à aucune institution officielle. En marge des sociétés, il était cette conscience en mouvement qui met mal à l'aise le bourgeois et le clochard ; il ne faudrait pas le confondre, en effet, avec le désaxé qui erre sans but. Le Compagnon-Loup porte en lui la science initiatique qu'il expérimente à chaque étape d'un voyage qui n'aura pas de fin. Il est le contraire d'un amateur et d'un dilettante.

Au cœur du labyrinthe de la cathédrale de Reims

sont gravées quatre figures d'architectes, aux quatre angles d'un polygone. A l'angle nord-est, on trouve le visage de Maître Jean-le-Loup. Conciliant la révélation primordiale du Nord et la lumière naissante de l'Orient, Jean-le-Loup n'est-il pas le plus parfait symbole de l'initié ?

XIV

LE MAGICIEN ET LE FORGERON

La communauté initiatique des loups trouve son expression naturelle dans le personnage du Maître magicien, à la fois architecte et forgeron. Or, cette symbolique fut développée de façon surprenante dans l'une des plus belles épopées de l'humanité, le *Kalevala*. Malheureusement très mal connu, ce texte superbe fut conçu par la communauté des Sages du Nord et conservé fort longtemps dans les traditions dites « folkloriques » de l'Europe du Nord.

Notre périple nous conduisant aux révélations du *Kalevala*, il est nécessaire d'en conter l'essentiel et d'en éclairer la signification.

On dit généralement du *Kalevala* qu'il s'agit d'une épopée « populaire » finnoise. L'origine historique des Finnois est tout à fait incertaine et bien des passages du texte remontent à une haute antiquité qui se rattache aux rites chamaniques. Le Chaman était à la fois le Sage connaissant les formules rituelles, le poète qui exprimait le Verbe créateur, le médecin qui guérissait les malades.

C'est un chercheur passionné, Elias Lönnrot qui, au XIXe siècle, recueillit peu à peu les éléments épars du *Kalevala*. Habillé en paysan, il voyageait à travers la Finlande et prétendait aux paysans qu'il regagnait sa ferme. Persuadés qu'ils s'entretenaient avec l'un des leurs, les paysans étaient enclins à lui faire des confidences et à réciter les vieux chants qu'ils tenaient de leurs pères, les *runot* magiques. L'affaire n'était pas exempte de risques, car les tribunaux ecclésiastiques condamnaient sévèrement les paysans qui osaient propager ces paroles hérétiques. En dépit de ces poursuites stupides et intolérantes, les *runot* continuaient à vivre. Mais, d'année en année, leur existence devenait de plus en plus précaire.

On ne louera jamais assez le courage et l'intelligence d'Elias Lönnrot qui sauva d'une mort certaine l'un des plus beaux textes initiatiques de l'humanité. C'est en Carélie qu'il recueillit les principaux passages du *Kalevala*, de la bouche d'un barde de quatre-vingts ans nommé Arhippa Perttunen.

Au cours de veillées merveilleuses, le vieux barde chanta les chants immortels, faisant revivre la voix des anciens héros, disant le Verbe des créateurs de vie. Lönnrot couvrait d'une écriture rapide des centaines de pages, attentif au moindre détail, osant parfois interrompre l'aède pour lui demander des éclaircissements.

De retour chez lui, Lönnrot assembla patiemment les parties de l'épopée. Son labeur était enfin récompensé : devant ses yeux naissait d'elle-même une œuvre prodigieuse, le *Kalevala* des vieux royaumes du nord, le chant sacré où les hommes d'autrefois apprenaient à vivre et à mourir.

Dans le *Kalevala*, il y a trois personnages principaux avec lesquels nous nous familiariserons vite : Väinämöinen le magicien, dont le nom est formé de *vaka*, ferme, et de *vanha*, vieux ; Ilmarinen, le forgeron qui forgea la voûte du ciel ; enfin le Sampo, objet mystérieux forgé par Ilmarinen. Il est à la fois un moulin, un couvercle, une figuration du soleil ; tout ce qu'on sait avec certitude, c'est que le sampo donne une prospérité sans borne à qui le possède. Véritable Graal de la tradition nordique, il est le trait d'union entre les deux régions principales de l'épopée, Kaleva, le pays des héros, et Pohjola, le pays des magiciens. Relativement ennemies l'une de l'autre, les deux contrées sont sans cesse reliées par les voyages des principaux personnages qui les habitent ; ainsi, Ilmarinen, le forgeron de Kaleva, crée le sampo-graal pour la Maîtresse de Pohjola.

La dualité des régions était un thème central de la pensée égyptienne. Le Nord et le Sud se combattaient sans cesse, assurant ainsi la dynamique terrestre que Pharaon maintenait dans l'harmonie en « liant » les deux terres sur son trône. Kaleva et Pohjola sont deux foyers, deux pôles énergétiques qui ne peuvent exister l'un sans l'autre et qui disparaîtraient s'ils cessaient d'être reliés par les héros.

Entrons à présent dans l'épopée qui conte notre propre voyage vers le paradis des Sages. Elle commence par l'étrange et difficile naissance de Väinämöinen, le barde éternel. Sa mère était une Vierge divine qui vivait dans les airs ; cette existence, détachée de toute matérialité, devint fort lassante. S'ennuyant de plus en plus, la Vierge de l'air descendit vers les mondes inférieurs et découvrit une grande étendue liquide. Passionnée par ce spectacle nouveau, elle se posa sur les eaux.

Cette envie de distractions eut des conséquences immédiates, car la vague rendit enceinte la Vierge de l'air qui, abandonnant son titre primitif, fut alors la Mère des eaux. Cette grossesse fut aussi extraordinaire que la conception, puisqu'elle dura sept centaines d'années. Errant vers l'orient, l'occident, le midi et le septentrion, la Mère des eaux ne parvient pas à se débarrasser du fardeau qui brûle son ventre, de plus en plus douloureux ; comment mettre au monde l'enfant incréé ?

Un canard en maraude aperçoit soudain le genou de la Mère qui sort légèrement des eaux. Il s'y pose, sans autre forme de procès, et y construit son nid. Bientôt apparaissent sept œufs : six en or, le septième en fer. Voilà une bien étrange création qui s'achève par un facteur de régression.

Pendant que le canard couve cette nichée imparfaite, la Mère des eaux ressent une gêne. La chaleur la gêne. Elle secoue son genou et les œufs roulent dans les ondes où ils se brisent. Pourtant rien n'est perdu :

« Tous les morceaux se transformèrent
En choses bonnes et utiles ;
Le bas de la coque de l'œuf
Fut le fondement de la terre,
Le haut de la coque de l'œuf
Forma le firmament sublime,
Le dessus de la partie jaune devint le soleil rayonnant,
Le dessus de la partie blanche
Fut au ciel la lune luisante.
Tout débris taché de la coque
Fut une étoile au firmament,
Tout morceau foncé de la coque
Devint un nuage de l'air. »

Le « mariage » de la Mère des eaux et du canard débouche sur une création par l'Œuf, image du cosmos. Le point clef est le genou, cet angle qui est l'équerre du monde, la norme universelle inscrite dans le corps humain.

La Vierge continue à se mouvoir dans les eaux, subissant une douleur presque insupportable. Enfin naquit un printemps où la Mère fut prise d'une inspiration exigeante ; sortant la tête des flots, elle modèle un monde nouveau. Sur le dos brillant de la mer, au cœur des ondes, la Maîtresse d'Œuvre déploie son action.

Partout où sa main se pose naissent des promontoires, partout où son pied se pose surgissent des trous à poisson, partout où son corps se courbe se creusent des gouffres ; lorsqu'elle effleure la terre de son flanc, des rivages se forment. Les piliers de l'air sont érigés, les continents dessinés. Quand les signes sont gravés sur la pierre, la Dame cosmique interrompt son œuvre et constate que sa pensée magique fut efficiente. Mais le barde éternel n'est toujours pas né.

Dans le ventre de sa mère, Väinämöinen est déjà un vieillard aguerri, parfaitement au fait des choses de ce monde. Comment vivre éternellement dans cet antre obscur, s'interroge-t-il ?

Le vieux Väinämöinen fait un appel pathétique au cosmos : « Lune, Soleil, Grande Ourse, délivrez-moi ! » Persuadé que sa voix sera entendue, le barde attend la délivrance. A sa grande surprise, il ne se passe rien. Le cosmos n'intervient point, les astres ne se préoccupent pas de la naissance du magicien.

Väinämöinen ne se décourage pas. Si les astres demeurent indifférents, c'est qu'il porte l'univers en lui et qu'il n'est pas l'esclave des recteurs d'en-haut.

Pour ouvrir l'huis de sa prison, le magicien utilise « le doigt sans nom », c'est-à-dire l'annulaire, et l'orteil principal de son pied gauche. L'essence de la main et du pied forment une clef capable d'ouvrir les portes les plus hermétiques.

Väinämöinen sort de sa mère à genoux. Le vieux sage pénètre ainsi en humilité dans un monde nouveau ; il tombe dans la mer où il vogue pendant huit ans, nombre sacré des nouvelles naissances, puis aborde sur un promontoire sans nom, une potentialité qu'il doit faire éclore.

Le magicien demeure de nombreuses années sur cette terre aride et inhospitalière. Son travail consiste à la rendre verte ; c'est pourquoi il remplit une fonction de cultivateur. Avec obstination et méthode, il ensemence, plante des arbres de douze sortes. Cette reconstitution du zodiaque à travers l'univers végétal est un gage de longue vie pour la terre nouvelle. Un seul arbre refuse de prospérer : le chêne, qui n'a ni tronc ni racines. Le magicien se rend à l'évidence : il faut abattre l'être qui ne s'intègre pas à la communauté des vivants.

Un petit homme d'allure chétive, courbé par le fardeau des vents, sort des vagues et se dirige vers Väinämöinen. Je viens abattre le chêne, dit-il au magicien. Ce dernier le trouve bien fragile pour accomplir une telle tâche ! Mais le nain change d'aspect. Au vieillard sénile se substitue un géant dont la tête touche les nuages, dont les pieds foulent la terre. Un peu effrayé, le magicien se recule pendant que le géant frappe l'arbre de sa cognée.

Väinämöinen retiendra la leçon. Jugeant sur l'apparence, il s'est laissé aller à la raillerie et au scepticisme ; incapable de déceler la présence de l'invisible, le géant sous l'habit du nain, Väinämöinen a failli se couper de la tradition initiatique des Sages du Nord.

La tige du chêne s'écroule vers l'est, la cîme vers l'occident, les rameaux vers le midi, les branches vers le nord. « Quiconque en cueillit un rameau, chante l'épopée, reçut un bonheur éternel, quiconque rompit le sommet eut un art magique éternel, quiconque emporta quelque branche jouit d'un amour éternel. »

Au géant venu de la mer correspond l'arbre de la taille du cosmos ; le magicien découvre le jeu des correspondances, les liaisons secrètes entre les choses. La révélation qui lui est accordée dépasse les limites de l'humain : l'arbre abattu n'est pas un arbre mort mais le chêne sacrifié. Et ce sacrifice est bonheur total, félicité de la sagesse.

Le géant et le chêne habitent désormais au cœur du magicien qui, pourtant, se heurte à de graves difficultés : les épis ne poussent point. Son œuvre de cultivateur semble vouée à la stérilité.

Marchant le long du rivage, le magicien découvre sept graines sur le sable fin. Il les prend en main, les examine ; sans nul doute, voici la vérité de la terre. Le magicien accomplit alors les bénéfiques semailles. Le sept est l'esprit secret de la vie, la fonction immatérielle qui rend la matière prospère et harmonieuse. Le magicien a su voir.

Väinämöinen s'est prouvé à lui-même qu'il pouvait donner la vie. Fort de son expérience, il approfondit sa science magique en chantant dans les prés de *Kalevala* ; sa voix mélodieuse parle sans cesse des antiques souvenirs et des origines profondes : mieux que personne, il connaît les secrets des premiers âges, les richesses de l'instant primordial.

La renommée du magicien s'étend rapidement dans les contrées environnantes. Elle finit par importuner un jeune homme, du nom de Joukahainen, qui n'admet pas qu'un autre homme chante mieux que lui. Le présomptueux sent la rage lui monter au cerveau et décide de lancer un défi au vieux sage. Profitant d'une promenade de Väinämöinen, il dirige son traîneau vers celui du magicien et le heurte violemment.

« Quelle est ta famille, toi qui te conduis si follement ? » demande le magicien. Le jeune homme, au comble de l'exaltation, jette le défi : « Celui dont le savoir exulte, dont la mémoire est la plus puissante, pourra rester sur le chemin, l'autre lui cédera la place ! »

Le vieux sage sourit. Sans la moindre inquiétude, il raconte les causes profondes et les origines éternelles. Quand il chante, le sol tremble, les montagnes tressaillent, les rochers éclatent, les pierres se fendent. Le magicien du Nord a retenu l'enseignement du chêne et du géant ; comme eux, il se dilate aux dimensions du cosmos et son art s'élève au-dessus des querelles humaines.

L'adversaire du magicien est fou de rage ; afin de l'empêcher de nuire, Väinämöinen l'environne d'un enchantement ; de son épée à la garde dorée, il fait un éclair dans les cieux. Le pauvre jeune homme se rend compte de la vanité de ses intentions ; plus mort qu'un mort, il est englué dans l'envoûtement.

Le vieux sage ne refuse pas de le délivrer, à condition que certaines promesses soient respectées. Le magicien désire épouser une belle jeune fille, unir ses charmes divins à un charme humain. Or son malheureux ennemi a une sœur à la parfaite beauté, Aïno. Puisqu'il est nécessaire d'en passer par là... Aïno tissera un manteau d'or pour le magicien, son frère vaincu est désenvoûté.

Mais la première rencontre est un échec ; affolée par l'âge canonique du prétendant, la jeune fille refuse tout net d'envisager une telle union. Sagesse et magie ne l'intéressent pas. Elle préfère le plaisir, le doux roucoulement des jeunes amants. Aussi s'enfuit-elle à travers champs et prairies, après avoir revêtu sept magnifiques robes bleues.

Au terme du troisième jour de cette course éperdue, Aïno s'arrête devant l'immense étendue de la mer. Au loin, elle aperçoit trois vierges qui séjournent sur un rocher. L'âme en émoi, elle nage vers elle, inconsciente des dangers et de l'espace à franchir. Epuisée, Aïno se noie.

Lorsque le vieux sage apprend la nouvelle, il en est très attristé. La jeune fille aux sept robes célestes a trouvé la mort dans sa fuite, la jeune fille aux sept robes célestes ne fera pas le bonheur du magicien. En son for intérieur, il sait déjà qu'il devra renoncer à ces joies-là, que l'ascèse du solitaire est le chemin qu'il doit suivre.

Le magicien ne renonce pas encore à son idée première. Il désire une femme ; l'idéal lui échappe, soit. Le secret des sept robes, et par conséquent celui de l'âme féminine, lui est refusé. Cela ne l'empêchera pas de convoler en justes noces. Prenant un léger bagage, il part vers le village glacial de Pohjola où il est certain d'obtenir les faveurs d'une femme.

Voyage inharmonieux dans son principe, ce déplacement du magicien sera des plus dangereux. Le maigre enfant de la Laponie, Joukahainen, est doté d'une rancune tenace ; désenvoûté, il ne songe qu'à tuer le magicien en utilisant quelque fourberie. Le périple sentimental de Väinämöinen lui procure l'occasion rêvée.

L'embuscade fonctionne à merveille ; bien placé pour voir et ne pas être vu, le jeune homme tire trois flèches sur le vieux sage. La première, mal dirigée, se perd dans le ciel. La seconde perce la base de la terre qu'elle fait presque crouler ; la troisième, plus précise, blesse l'élan bleu qui servait de monture au magicien. Surpris, ce dernier est déséquilibré et tombe à l'eau.

Cette chute réveille d'anciens souvenirs. Une vague entraîne le sage au loin, une éprouvante errance débute, marquée par un froid intense. Le magicien, de nouveau, affronte les eaux périlleuses qu'il avait vaincues lors de sa naissance. Ses illusions sensibles l'ont entraîné vers ce milieu informe qu'il croyait bien avoir quitté pour toujours. Trop tenté par une réussite extérieure, il doit être purifié une seconde fois.

Väinämöinen ne pavoise pas. Il est seul, frigorifié. Le temps s'écoule lentement, les vagues furieuses ne lui laissent guère de répit. Du haut des cieux, un aigle aperçoit le magicien, descend vers lui et lui permet de prendre place sur son dos. Un deuxième fois sauvé des eaux, le magicien arrive au but de son voyage, le froid village de Pohjola qui a failli lui coûter la vie.

Certes, il reçoit une intéressante proposition de mariage. Mais elle est liée à une condition que le magicien ne peut remplir : forger un sampo. N'étant pas aveuglé par une vanité profane, le magicien connaît ses compétences dans leurs limites exactes. Il ne sait pas forger. Tout n'est pas perdu, cependant ; il confiera cette tâche difficile à son ami très cher, le merveilleux forgeron Ilmarinen. C'est lui qui forgea la voûte du ciel et créa le couvercle de l'air, sans qu'on vît trace de marteau ou morsure de tenailles.

Sur la route du retour, le magicien est défié par un personnage qui le fascine, une Vierge céleste, la plus habile des tisserandes. Patronne des initiées, elle annonce avec solennité qu'elle descendra des hauteurs vers le héros qui construira une barque avec les débris de son fuseau et les morceaux de sa quenouille. Väinämöinen est le meilleur charpentier du monde. Il se met aussitôt au travail ; la solution de ses problèmes sentimentaux sera certainement la récompense de sa peine. A la joie du défi relevé s'ajoutera le plaisir des sens comblés.

Le magicien, une nouvelle fois, se laisse abuser par ses propres désirs. Recherchant à tout prix une complémentarité féminine en dehors de lui-même, il ne prend pas les précautions nécessaires afin d'écarter les influences nocives. Se préoccupant du résultat qu'il espère, le magicien perd sa lucidité.

Le troisième jour, des puissances maléfiques font dévier la lame de la cognée. Elle blesse gravement le magicien au genou et au pied. Son sang s'écoule très vite, à gros bouillons ; Väinämöinen récite les mots magiques qui guérissent les blessés mais, cette fois, ils sont inutiles ; son sang continue de couler, le vieux sage voit sa vie s'enfuir.

La cognée du charpentier a châtié l'impatience du magicien. Väinämöinen éprouve directement son inconscience dans sa chair, il paie au centuple ses erreurs et ses faiblesses.

Des interventions divines et l'aide de son Frère le forgeron sauveront le magicien de la mort ; un onguent préparé dans la forge rétablira l'intégrité physique du vieux sage qui, oubliant ses propres désirs, entretiendra le forgeron du Sampo, de ce mystérieux Sampo qu'il faudra créer en utilisant toutes les ressources de la Sagesse.

Le forgeron est emporté malgré lui à Pohjola ; les éléments referment sur lui la chaîne du destin et ferment les portes illusoires du libre choix. Dans le sombre et glacé Pohjola, le forgeron, pas autrement ému de sa mésaventure, comprend que le Sampo doit naître en ces lieux. Aussitôt, il arrange une forge dans un site jonché d'énormes morceaux de pierres ; la nature entière sert de laboratoire à l'alchimiste.

De cette forge, Ilmarinen sort un arc, une vache et un sac ; mais leurs mœurs étaient mauvaises et ces trois premières créations s'avéraient nocives. Elles singeaient le Sampo qui s'engendra de lui-même au fond du fourneau de la forge. Voyant que la Lumière avait créé la Lumière, le forgeron-démiurge mit la dernière main à l'Œuvre, apportant l'ultime touche de perfection à l'objet sacré.

Mais le Sampo échappe au forgeron et au magicien. La Maîtresse de Pohjola s'en empare et le cache dans un immense rocher, à l'intérieur d'une colline de cuivre, derrière neuf serrures. De plus, aucun des deux Frères n'obtient la jeune femme qui était promise à celui qui forgerait le Sampo. La Maîtresse de Pohjola triomphe.

Avoir contribué à la création du Graal et perdre son rayonnement... face à un tel malheur, le vieux sage n'entrevoit qu'une possibilité : construire, se remettre à l'épreuve, prolonger en ce monde la pensée de l'architecte divin.

Väinämöinen tente donc de bâtir une autre forme de Graal. Il construit un grand bateau qui lui servira à traverser l'univers. Mais le magicien manque de bois et le chantier est arrêté ; il envoie son jeune apprenti vers les pays du nord-ouest où abonde la matière première dont le Maître a besoin. Au sommet de la troisième montagne qu'il gravit, l'apprenti parle avec des arbres ; le pin et le tremble refusent de participer à la naissance du bateau, le chêne accepte. Trois montagnes, trois arbres, un apprenti, un chêne : c'est par le secret du Trois que le voyageur identifie la Matière première, c'est par le chemin du Trois qu'il parvient à l'unité.

De fait, par la vertu des chants magiques, c'est en utilisant les morceaux d'un seul chêne que le vieux sage édifie le navire. Il œuvre à partir du Un et réalise une œuvre cohérente.

Soudain, c'est le drame. Trois mots magiques manquent à Väinämöinen. Jusque-là, tout s'était bien passé ; les mots bâtissaient allégrement, les mots joignaient entre elles les pièces de bois. Mais le navire n'est pas terminé et trois mots sont encore nécessaires. Trois mots que le magicien ne connaît pas, trois mots qui ne lui ont pas été révélés lors de ses précédentes initiations.

Le magicien descend aux enfers afin d'obtenir les trois mots qui mettront en place les vibords, érigeront la proue et parachèveront l'arrière. Les puissances infernales ne détiennent pas les trois mots ; pire, elles essayent de retenir l'importun. Le magicien se transforme en loutre ; échappant à la mort, il réussit à passer à travers les mailles du filet infernal.

C'est en lui que Väinämöinen est descendu. C'est en lui qu'il a vaincu la mort, qu'il a traversé le filet de la raison et de la logique. Sortant de sa propre prison, le magicien rencontre un berger ; le messager d'en haut lui apprend que les mots magiques vivent encore dans la bouche d'un puissant mage, nommé Vipunen.

Vipunen n'est pas accessible au commun des mortels. Pour aller là où il séjourne, l'audacieux voyageur doit fouler des pointes d'aiguilles de femme, poser le pied sur des bouts de glaives d'homme, cheminer sur des tranchants de haches d'armes. Chemin périlleux, chemin infranchissable.

Infranchissable pour le solitaire et le non-initié. Vänäimöinen consulte son Frère le forgeron qui lui prépare des habits et des chaussures de fer. Ainsi vêtu, inaccessible aux déviations émotives, à la peur et à l'angoisse, le magicien parcourt sans peine le chemin acéré.

Lorsqu'il parvient au terme de son expédition, le magicien a une mauvaise surprise ; le géant Vipunen est mort. Lui, le riche en paroles, gît sous terre avec ses chants.

La mort du géant riche en paroles n'est pas une disparition ordinaire. Sur sa nuque pousse un tremble, de ses tempes sort un bouleau, un buisson d'osier émerge de sa barbe, un pin sauvage se fraye une route entre ses dents, un sapin a pris racine sur son front.

Vänäimöinen s'interroge. Un cadavre qui nourrit tant de formes vivantes n'est certainement pas un cadavre muet. De son épée, il coupe les branches qui le gênent. Après avoir émondé le foisonnement, il plonge l'épieu de fer dans la bouche du géant et prononce ce terrible avertissement : « Maintenant, cesse de dormir sous la terre, sors de ton sommeil ! »

Vipunen s'éveille doucement. Encore noyé dans les brumes du sommeil, il ressent pourtant une douleur intolérable. Malgré ses efforts, il ne parvient pas à briser le fer qui le déchire. Vänäimöinen croit triompher ; debout à côté de la bouche du géant, il trébuche et le cadavre vivant avale l'homme et son épée.

La situation est moins désespérée qu'il n'y paraît. Le magicien a franchi le chemin acéré sans dommages ; il a trouvé le géant, il sait qu'il connaît les trois paroles. Etre dehors ou dedans... c'est tout un. Sortant son poignard, Vänäimöinen utilise les ressources les plus secrètes de son art magique et construit une barque qui lui sert à naviguer dans l'intestin du géant.

Satisfait de sa rapide exploration dans le corps du géant, le magicien se lance dans une entreprise délicate dont il attend beaucoup. Pour la première et unique fois, Vänäimöinen se transforme en forgeron. De sa chemise, il fait une forge, de ses manches un soufflet, de sa pelisse un sac à vent ; son genou lui sert d'enclume, son coude de marteau.

Le moment est essentiel. Placé devant ses responsabilités, le vieux sage est obligé d'aller au-delà de lui-même et de mettre en œuvre des qualités jusque-là inexploitées. En réalité, le magicien est aussi forgeron ; Vänäimöinen connaît l'art de son Frère, il est son Frère. En exerçant le métier de forgeron, il prépare la naissance du Grand Œuvre alchimique à l'intérieur d'un corps immense, à l'intérieur même du Maître du Verbe.

Forgeant sans arrêt, le magicien incommode le géant qui est déchiré par de terribles brûlures. Väinämöinen, imperturbable, continue à asséner ses coups de marteau. Il menace de les rendre encore plus précis et plus douloureux si le géant ne lui révèle pas les formules magiques.

Väinämöinen prononce cette phrase qui est la clef initiatique majeure de l'enseignement des Sages du Nord : « La puissance doit se montrer même si les puissants sont morts. » Peu importe le nom des initiés, peu importe leur action temporelle. Les chemins de Sagesse sont plus importants que ceux qui les parcourent. Quand un « puissant » disparaît, il redonne sa part de puissance à la Vie qui la redistribue à la communauté initiatique, laquelle la confie à un adepte.

Le géant accepte d'ouvrir le coffre des paroles. Il récite les origines très profondes, récite les formules magiques dans l'ordre exact. Il révèle le contenu de la science des mages : « Comment, sur les ordres du Principe divin, l'air s'est engendré de lui-même, l'eau s'est séparé d'avec l'air, la terre s'est levée des ondes, chaque plante a jailli du sol. »

Sans aucune interruption, le géant chanta de nombreux jours, enseignant au magicien les causes vitales, les forces qui créent la vie et l'entretiennent. Väinämöinen, dont l'être entier est vigilance, voit les formules sortir lentement du corps du géant. Il les grave dans son esprit, revivant, mot après mot, la Genèse des genèses.

Possesseur des trois mots qui complètent l'ordre du monde, le vieux sage termine son bateau. Le mât de poupe s'érige enfin, reliant le ciel et la terre. Sans l'intervention d'aucun outil, par la seule puissance du Verbe, le navire est né.

Väinämöinen le lance sur l'eau ; le but avoué du voyage est, une fois encore, la recherche d'une épouse dans l'obscur Pohjola. Mais les intentions réelles du vieux sage sont différentes ; lorsque son Frère le forgeron le rattrape, ils concluent un pacte : puisqu'ils désirent la même femme, que ce soit elle qui choisisse.

C'est le forgeron qui est choisi. Sa femme, qui a refusé le vieux sage, sera massacrée par des loups et des ours. Cruellement éprouvé, le forgeron Ilmarinen tente de tromper son chagrin en fabriquant une femme en or et en argent. Cette illusion de vie ne lui procure aucun réconfort. Il l'offre à son Frère le magicien qui la refuse avec véhémence ; « jette cette fille dans le feu », lui conseille-t-il. Ainsi les deux Frères, après avoir souffert les mille morts du monde affectif, ont-ils le courage de passer au feu l'idole de leur sensibilité.

A présent, l'un et l'autre sont mûrs pour accomplir l'ultime voyage. C'est le magicien qui prend cette décision lourde de conséquences. Partons ensemble à Pohjola, dit-il au forgeron, afin d'y prendre le Sampo et de l'emporter avec nous. Le Sampo fut leur œuvre, il est temps d'en répandre les bienfaits en le sortant de sa prison.

Impossible, rétorque le forgeron. Le Sampo est trop bien protégé. Nous ne connaissons même pas son emplacement exact, et la Maîtresse de Pohjola, experte en magie, nous jouera les plus vilains tours.

Qu'importent les obstacles, affirme le magicien. Nous passerons par la route de terre ; la Quête essentielle mérite d'être accomplie. Les dangers matériels, si grands soient-ils, n'effrayent pas la fraternité du forgeron et du magicien. Forge-moi un glaive au tranchant de feu, demande le magicien au forgeron.

Extraordinaire épée que celle forgée par le Frère du magicien ! A sa pointe luit la lune, sur l'acier brille le soleil, des étoiles ornent sa garde. Ilmarinen vient de créer un nouveau chef-d'œuvre, l'épée du cosmos, le trait de lumière de l'univers.

Chevauchant le même cheval, les deux Frères partent à la conquête du Sampo ; ils prennent ensuite une barque. Chemin de terre et chemin d'eau, les deux sentiers de l'alchimie intérieure, leur sont connus. En chemin, ils croisent le léger Lemminkäinen, grand amuseur, coureur de jupons, mais aussi chevalier plein de courage. Il se joint volontiers aux deux aventuriers. La communauté des Trois Frères étant constituée, la quête du Sampo-Graal est réellement engagée.

« Le vieux Väinämöinen lui-même dirigea sagement la barque, descendit le long des écueils, entre les tourbillons ardents ; le bateau ne s'échoua pas, la barque du sage passa. »

Une vigoureuse fraternité unit les trois hommes sur le chemin du Sampo. Ils n'ont pas besoin d'échanger beaucoup de paroles, ils construisent leur vérité commune au gré du voyage. Lorsque le bateau s'échoue sur un brochet énorme, on prend les mesures qui s'imposent ; finalement, c'est le vieux sage qui sort le brochet de la mer. Avec les os du monstrueux poisson, il construit une extraordinaire cithare.

Väinämöinen joue et chante ; les sons de la cithare et sa voix forment une musique si belle que tous les êtres de l'univers en sont charmés ; l'harmonie des sphères passe à travers le vieux sage qui verse quelques larmes. Aussitôt, un canard part chercher ces larmes au fond des eaux.

Là, elles se sont changées en perles pour l'ornement des puissants rois et l'éternelle joie des Maîtres.

Dans plusieurs traditions anciennes, Dieu crée les hommes en pleurant ; les larmes divines sont les êtres eux-mêmes. Ne voyons là aucune indication de tristesse ou d'échec ; les larmes sont le nectar subtil d'une vie intérieure vécue jusqu'à l'ultime conscience. Le chant magique du barde en est l'origine.

Reprenant leur voyage, les trois Frères atteignent l'obscur Pohjola où l'on dévore les héros et où l'on noie les nouveaux venus. Dès leur arrivée, la Maîtresse de Pohjola les interroge sur la nature du message qu'ils apportent.

Väinämöinen ne donne pas dans la nuance ; nous voulons partager le Sampo, affirme-t-il calmement. « Il est bon que je sois moi-même la patronne du grand Sampo », rétorque la Maîtresse de Pohjola, rendue furieuse par tant d'impudence. Si tu refuses de nous en accorder la moitié, répond le vieux sage, nous l'emporterons tout entier.

Folle de rage, la Maîtresse de Pohjola convoque sur le champ son armée et demande aux jeunes gens de s'armer de leurs glaives. Le vieux sage ne s'émeut pas outre mesure devant ce déploiement de forces ; il prend sa cithare et commence à en jouer. La fureur guerrière tombe. Les soldats, recueillis, écoutent la musique céleste. Peu à peu, ils sombrent dans un sommeil béat.

Quand le vieux sage chantera devant la colline de cuivre et les neuf serrures qui protègent le Sampo, elles s'ouvriront d'elles-mêmes. Lemminkäinen prend le Sampo dans ses bras, mais ne parvient pas à le déplacer. Avec l'aide d'un taureau, les trois Frères réussissent à le tirer hors du rocher et à l'installer dans leur bateau.

La musique céleste a vaincu la force matérielle. L'union des Trois a ouvert les barrières les plus hermétiques, le Graal est de nouveau en mouvement. Les trois Frères ont un projet précis : emporter le Sampo à la pointe du cap brumeux, au bout de l'île secrète, afin d'y vivre dans un bonheur éternel. Ils souhaitent retourner vers l'île des Sages du Nord, vers le centre de la Tradition initiatique.

La Maîtresse de Pohjola sort de son sommeil. Ivre de rage, elle fait appel aux ressources de sa magie, déchaîne l'action des génies contre les Trois Frères.

La vierge des brumes répand un brouillard où le bateau s'égare, bourrasques et vents s'acharnent sur lui La précieuse cithare en os de brochet est emportée par un mauvais souffle et se perd à jamais dans les ténèbres ; le vieux sage est abattu de tristesse. Sa véritable compagne est morte.

Satisfaite des premiers succès qui marquent sa revanche, la Maîtresse de Pohjola continue la contre-attaque. Elle équipe une armée. Väinämöinen est conscient du danger. Par magie, il fait surgir un écueil des eaux. Le bateau des guerriers de Pohjola s'y échoue.

Cette fois, la Maîtresse de Pohjola doit avoir recours aux grands moyens. Exploitant ses pouvoirs jusqu'à leur terme, elle se transforme en aigle et attaque l'embarcation des Trois Frères. Le vieux sage, voyant que la lutte sera meurtrière pour les deux camps, lui propose un arrangement ; partageons le Sampo.

L'aigle refuse catégoriquement. La vengeance doit être accomplie. Elle saisit le Sampo dans ses serres ; d'un coup de godille, le vieux sage frappe l'immense oiseau. Les milliers d'hommes en armes qu'elle portait sur ses ailes tombent dans la mer ; l'armée des ténèbres est anéantie, tandis que l'aigle s'affaisse au fond du bateau.

Mais la femme-aigle a le temps de renverser le Sampo et de le pousser dans les vagues où il éclate en plusieurs morceaux. Le trésor inestimable est fractionné, le symbole du Tout est divisé, la Parole des paroles est perdue.

Le désastre, pourtant n'est que relatif ; certes, plusieurs grands morceaux du Sampo disparaissent à jamais dans les eaux mais, en vertu du pouvoir magique qui s'y attache, mers et océans seront éternellement pourvus de richesses innombrables. Reconnaissantes, les vagues poussent vers le rivage d'importants fragments du Sampo.

Le cœur du vieux sage bondit de joie : « Voici le germe d'une graine, s'exclame-t-il, le début d'un bonheur sans fin, voici les labours, les semailles, la croissance de chaque plante. »

Le trésor n'est pas détruit, la Parole n'est pas perdue. La vie en esprit n'est pas anéantie, mais simplement fractionnée. Les mots magiques, ceux qui font pousser les plantes et les hommes, sont éparpillés dans la nature et le chant du barde initié aura pour fonction de les rassembler.

Le cœur du vieux sage demeure meurtri à cause de la perte de la cithare en os de brochet. Après avoir vainement entrepris des recherches, il décide d'en construire une autre. Le matériau de base est le bouleau ; chevilles et clefs de chêne et sept cheveux d'une vierge pour les cordes.

Väinämöinen accorde les voix de l'instrument en le tournant vers le ciel. Ainsi, la nouvelle cithare est animée par les influences cosmiques. Les sept cheveux enregistrent les mouvements planétaires, les arbres les vibrations des étoiles, le chant de l'homme la pensée du Créateur.

Longtemps, le vieux sage fit jouer la cithare. L'univers écoutait et se réjouissait.

La Maîtresse de Pohjola ignorait cette joie. Elle n'entendait pas la voix magique. En dépit de ses échecs, elle ne désarmait pas. Si le pays de Kalevala jouit d'une prospérité sans bornes, c'est parce qu'il possède des fragments du Sampo dont le rayonnement enrichit tout ce qu'il touche. La Maîtresse de Pohjola ne peut pas supporter plus longtemps une telle situation.

Décidant de déclencher les pires fléaux contre ce bonheur, elle envoie maladies et épidémies afin de faire mourir les habitants du Kalevala. Le vieux sage résiste aux malheurs qui accablent son peuple ; grâce à ses connaissances de guérisseur, il sauve de nombreux mourants et prodigue ses soins sans compter.

La Maîtresse de Pohjola tente de tuer le vieux sage ; elle envoie contre lui un ours furieux que Väinämöinen abat avec un épieu forgé par Ilmarinen. Ce combat n'est pas une lutte ordinaire ; le vieux sage s'identifie au seigneur ours dont il détache le nez pour renforcer son propre nez, les oreilles ses propres oreilles, les yeux ses propres yeux, le front son propre front, la bouche sa propre bouche, la langue sa propre langue, les dents ses propres dents.

C'est l'une des initiations — qui nous sont maintenant familières — célébrées par les Sages du Nord ; l'initiation par le loup était souvent complétée par l'initiation que conférait l'identification à l'ours dont Väinämöinen acquiert la puissance et la stabilité.

La Maîtresse de Pohjola lance une dernière attaque, plus perfide que toutes les autres réunies ; elle capture le soleil et la lune puis les cache dans une montagne, en un lieu connu d'elle seule. Privé de chaleur et de lumière, le Kalevala affronte une horrible désolation. Les humains subissent la nuit comme un désespoir, leurs yeux ne s'ouvrent plus que sur un néant qui s'épaissit d'heure en heure.

Au terme d'investigations très approfondies, le magicien et le forgeron dénichent un peu de feu, une flamme minuscule. Malheureusement, cette parcelle de feu indompté est plus nuisible qu'utile ; elle ravage tout sur son passage et brûle même gravement le forgeron, le maître des feux. Entre guérisseurs, ce genre de problème n'est pas insoluble ; vite remis sur pieds, Ilmarinen fabrique un nouveau soleil et une nouvelle lune. **Les deux luminaires** artificiels ne produisent, hélas ! aucune lumière.

Où sont le soleil et la lune ? Si leur absence dure encore quelque temps, la mort envahira la terre bénie de Kalevala. Le magicien consulte les signes que les dieux ont répandu dans la nature ; il interroge sa magie, dialogue avec les génies des éléments. Enfin vient la réponse : les deux luminaires sont prisonniers dans la colline de Pohjola, sous une montagne de pierre.

La délivrance des hommes et de la nature passe par un combat. Le magicien est prêt ; il brandit son épée magique contre les troupes de l'obscur pays. Epée vraiment magique, puisque la lune luit à sa pointe et le soleil à sa garde. Väinämöinen a déjà en main les luminaires qu'il doit libérer ; il lui suffit d'opérer une conjonction entre lumière magique et lumière astrale.

La maîtresse de Pohjola comprend que sa perte approche. Elle ne dispose plus d'aucun artifice pour entraver la marche du vieux sage. Aussi délivre-t-elle le soleil et la lune, évitant des massacres inutiles.

Le Kalevala retrouve chaleur et croissance. La joie éclate partout, le magicien et le forgeron ont réussi la Quête.

La fin de l'histoire de Väinämöinen, prototype de l'initié aux mystères des Sages du Nord, est particulièrement exemplaire, à la fois sur le plan individuel et au niveau de l'évolution des sociétés initiatiques. En Carélie naît un nouveau roi d'obédience chrétienne ; il est clair que l'ancienne tradition des sages, combattue depuis longtemps par les chrétiens, est peu à peu rejetée par les autorités. Väinämöinen, très irrité, s'aperçoit que la voix des Bardes n'est plus entendue de la communauté des hommes. Après avoir profité des trésors apportés par les sages, les hommes se sont tournés vers la doctrine, vers une morale lénifiante et ont oublié les paroles créatrices.

Devant la venue d'un nouveau cycle où les valeurs

initiatiques seront reléguées au second plan, s'irriter ne sert à rien. Alors le magicien se rend sur les rivages de la mer et chante pour la dernière fois.

Les chants du magicien sont toujours créateurs ; ils engendrent une dernière barque. Väinämöinen s'assoit près du gouvernail et s'éloigne lentement de son pays en prononçant ces ultimes paroles :

> « Attendez que le temps s'écoule,
> Qu'un jour vienne, qu'un autre passe,
> Et l'on aura besoin de moi,
> Se mettra vite à ma recherche,
> Pour créer un nouveau Sampo,
> Pour faire une nouvelle cithare
> Pour former une lune neuve,
> Pour amener un soleil neuf,
> Quand lune et soleil seront, s'enfuiront,
> Quand le monde sera sans joie. »

Le vieux sage partit, selon la tradition, vers les terres les plus hautes et les cieux les plus profonds. Personne n'entendit jamais parler de sa mort. Peu importe, d'ailleurs, la disparition de son corps physique ; malgré l'ingratitude de ses compatriotes, Väinämöinen leur avait laissé un inestimable trésor : sa cithare, la joie éternelle et les chants fameux.

« Maintenant, conclut le Barde qui a enregistré et transmis l'épopée, la voie est tracée, un nouveau sentier se déroule. »

A travers le personnage du magicien, de l'Homme accompli, c'est notre vie qui devient transparente. A travers ses aventures symboliques, donc plus réelles que la réalité, ce sont nos épreuves qui prennent un sens. A l'issue de l'épopée, au moment où la Tradition semble abandonnée, c'est notre conscience qui la ressuscite et parcourt le nouveau sentier.

XV

LA COMMUNAUTÉ DES INITIÉS AU SOLEIL DU NORD

Un terme important de la langue grecque, *makares*, peut se traduire par « les Bienheureux ». Or, il est significatif que ce même mot, dans les œuvres d'Homère, désigne très clairement les dieux eux-mêmes. *Makares* est un terme très antérieur à la civilisation grecque ; il traduit un souci pré-rationaliste : mettre en lumière le « statut » spirituel des Bienheureux, c'est-à-dire des êtres capables de devenir des dieux ou, tout au moins, de percevoir le message de la divinité.

Tel est précisément l'intention fondamentale des Sages du Nord. Tel fut le travail accompli quotidiennement dans leur célèbre Paradis.

Cette terre de lumière se situe, selon Sophocle, « aux confins du monde, aux sources de la nuit, là où le ciel se déploie, antique jardin de Phoebus ». Champs-Elysées, île des bienheureux, jardin des Hespérides, pays des semences éternelles, le lieu clos des Sages du Nord est un appel permanent à l'initiation.

La recherche permanente du Paradis nordique repose sur trois certitudes : l'existence d'un Nord qui est le centre de toutes choses, la présence du ciel sur la terre et l'immortalité de la révélation initiatique.

Ce Nord paradisiaque n'est pas un point cardinal

ordinaire. Situé par-delà le nord géographique, il symbolise la plénitude spirituelle, la stabilité de l'esprit par rapport à l'errance et à la mouvance. « L'île de la splendeur » de la tradition hindoue est située à l'extrême nord ; c'est là que les plus anciennes traditions occidentales situent leur siège originel. Ce Nord est, en vérité, le centre primordial où vécurent les ancêtres civilisateurs, les Pères de la pensée, les Maîtres de la vie spirituelle. C'est là que se rendaient les rois pour y recevoir l'initiation.

Pour l'homme, le plus grand drame est certainement de « perdre le Nord » ; un tel naufrage le prive de toute conscience, supprime la notion du centre vital où il peut se régénérer.

Le Nord, en tant qu'origine de la vie, est un ciel sur la terre. Les Sages du Nord n'étaient pas des mystiques perdus dans les nuages ; à leur avis, l'homme atteint son authentique plénitude ici-bas et dès maintenant, comme le souligne à maintes reprises Maître Eckhart. Si les Celtes insistent tant sur la nécessité de traverser les mers afin de se perfectionner dans la magie et d'acquérir la Connaissance, c'est que l'île merveilleuse est une réalité tangible. Franchir la mer revient à traverser l'océan de nos possibles, à faire naître ce qui, en nous, est d'origine céleste.

La route la plus directe conduisant au Paradis nordique est la voie lactée, celle-là même que suivait Apollon. En Egypte comme en Grèce, et sans doute dans d'autres traditions, les chemins amenant les initiés et les croyants aux grands temples n'étaient autres que des projections des voies célestes. Les chemins sacrés de la terre et les routes de l'énergie céleste ne font qu'un.

Les îles merveilleuses sont situées loin dans l'océan, aussi longtemps que nous serons loin de nous-mêmes.

Plus nous trouvons d'excuses à notre paresse spirituelle, plus le voyage est périlleux.

Le nord est au centre et le ciel descend sur la terre parce que la révélation initiatique de l'origine est immortelle et toujours présente. Sur ce sujet, les Sages du Nord créèrent le mythe de Balder.

Balder était un homme si beau qu'il émettait naturellement une lumière autour de lui ; il était le plus sage des dieux Ases et le plus habile à employer la parole. Il habitait la demeure largement brillante, dans les cieux, en un lieu où n'existait rien d'impur. Son profond désir consistait à répandre autour de lui sa paix intérieure ; mais Balder ne réussissait guère.

Pire, Balder court de sérieux dangers. Les adversaires de l'harmonie seraient heureux de l'abattre, mais les dieux le protègent de maints périls, ceux du feu, de l'eau, de la pierre, des animaux, etc. Tout ce qui vit jure de ne point nuire à Balder.

Tout, sauf une pousse de gui. Le rusé dieu du feu, Loki, apprend cette anomalie. Au moment de l'assemblée des dieux, Loki remet le rameau de gui à un aveugle qui le lance contre Balder. Le jeune homme en meurt.

Le plus grand malheur jamais vécu s'abat sur l'univers des dieux et des hommes. Pourtant, un espoir subsiste : on pourra ramener Balder du royaume des morts si toutes les créatures vivantes le réclament. Hélas ! une vieille sorcière refuse de se joindre au concert général. Elle est le seul être qui refuse de pleurer Balder.

Dans ces conditions, le monde, privé de Balder, ne connaîtra plus ni justice ni beauté. Selon la dynamique de la création, il faut donc qu'il disparaisse. Survient le crépuscule des dieux, le cataclysme universel qui, après la mort de Balder, entraîne la mort d'une certaine forme de vie.

Il faut que je croisse et que tu diminues, lisons-nous dans l'Evangile. Lorsqu'un monde dépourvu d'harmonie a diminué jusqu'à la destruction, un nouveau Balder naît. Placé à la tête des nouveaux dieux, Balder rétablit l'ancienne sagesse, celle des mots magiques que connaissait le vieux sage Väinämöinen. De nouveau se retrouvent sur la prairie des tables d'or qui, en des temps très anciens, appartenaient aux dieux. Les champs portent des récoltes sans avoir reçu de semences, l'aigle de lumière plane haut dans les cieux, œil créateur de nouveau ouvert.

Les forces de destruction, si importantes soient-elles, ne tuent que ce qui est mortel. L'esprit de la Tradition initiatique, indépendant de l'espace et du temps, ne leur est pas soumis. C'est pourquoi les Balder se succéderont à travers les âges, afin de témoigner de la présence d'un univers où le rayonnement initiatique est la réelle source de vie.

De cette constatation naît une loi que les Anciens respectaient scrupuleusement : seul l'homme qui vit en communauté parvient à la Connaissance. Seul, il sombre fatalement dans le désespoir ou la vanité. Le mystique de style chrétien ou bouddhiste s'enfonce dans une individualité farouche et, croyant atteindre Dieu, ne projette que ses propres phobies ; il est significatif qu'un Maître Eckhart, dont l'œuvre contient de tels joyaux initiatiques, soit un homme de communautés et non un mystique solitaire. Les Sages du Nord formaient des êtres appartenant à un clan ; lorsqu'ils franchissaient l'une des étapes marquant la route de la Connaissance, ils ne se glorifiaient pas eux-mêmes mais attribuaient leur succès à la communauté. Le propos des textes sacrés et des épopées n'est pas, comme celui des littératures profanes, d'enregistrer des faits et des événements, mais de célébrer la communauté, le clan, la famille car on ne peut communier qu'avec autrui. Tout acte individuel, même qualifié de spirituel, n'est qu'une manière de se faire plaisir. C'est pourquoi les héros et les initiés sont des hommes porteurs d'une communauté, c'est pourquoi leurs actions dépassent toujours le cadre de l'individu.

Les initiés aux mystères des Sages du Nord se nommaient « ceux qui portent au-delà », « ceux qui distribuent », « ceux qui passent à d'autres ». Jamais aucun individu n'a transmis autre chose que son expérience personnelle. Or les expériences personnelles ne concernent que l'individu. Seule une communauté initiatique peut sortir de ce cercle vicieux afin d'ouvrir le cercle de l'univers. Alors le phénomène de transmission s'impose de lui-même.

Les caractéristiques des initiés aux mystères nordiques sont assez étonnantes. Vivant aux extrémités de la terre, sur les bords d'un océan aux profonds tourbillons, ils connaissent les joies réservées aux Héros, à l'écart des hommes. Pour eux, la terre féconde porte trois fois par an une récolte florissante, douce comme le miel.

C'est par la grâce du grand dieu céleste que les élus coulent des jours paisibles dans cette île défendue par une mer impitoyable. L'univers des adeptes est très proche de celui de l'âge d'or, et le texte d'Hésiode s'applique parfaitement à leur mode d'existence : « Ils vivaient comme des dieux, le cœur libre de tout souci, à l'écart et à l'abri du labeur et des misères ; la vieillesse misérable sur eux ne pesait pas ; mais, bras et jarrets toujours jeunes, ils s'égayaient dans les festins, loin de tous les maux, riches des troupeaux et des pâturages, chéris des dieux immortels. Mourants, ils semblaient succomber au sommeil. Tous les biens étaient leurs : le sol fécond produisait de lui-même une abondante et généreuse récolte et eux, dans la joie et la paix, vivaient de leurs champs, au milieu de biens sans nombre. »

Les élus sont protégés de la souffrance ; leur existence quotidienne est un long chant de bonheur que la nature se plaît à prolonger. A deux reprises dans ses œuvres, Plutarque l'initié rappelle ces mots de son Frère Pindare sur les adeptes : « Pour eux, le soleil brille quand règne ici la nuit ; autour d'eux sont prairies aux roses rouges, arbres à encens, fruits d'or... chevaux, gymnases, jeux de dés, phorminx les égaient, et les parfums brûlent sur les autels des dieux... »

Ce séjour où règne une béatitude exceptionnelle n'est pas ouvert à tous. Il est d'abord nécessaire de prendre conscience de sa réalité, puis d'avoir le courage d'opérer une ascèse sur soi-même. « Tous ceux, proclame Pindare, qui ont eu l'énergie, en un triple séjour dans l'un et l'autre monde, de garder leur âme absolument pure de mal jusqu'au bout de la route de Zeus qui les mène au château de Cronos, l'île des bienheureux, sont rafraîchis par les bises océanides ; là resplendissent des fleurs d'or, les unes sur la terre aux rameaux d'arbres magnifiques, d'autres nourries par les eaux ; ils en tressent des guirlandes pour leurs bras, ils en tressent des couronnes... »

Le thème du voyage initiatique est clairement indiqué par le poète. Le « triple séjour » nous invite à dépasser le monde de dualités du bien et du mal, du « plus » et du « moins ». Le voyageur devient un homme qui voit le réel et bénéficie, par conséquent, des splendeurs cachées de la nature.

Le dramaturge Aristophane, en dévoilant l'un des textes chantés par le chœur des initiés aux mystères d'Eleusis, nous permet de comprendre que les adeptes sont précisément des hommes qui ont franchi avec bonheur les épreuves rituelles et gravi les degrés de la Connaissance :

« Oui, chantent les initiés, rendons-nous
Dans les prairies couvertes de roses,
Jardin fleuri de la déesse,
Pour jouer encore comme jadis,
En participant aux danses joyeuses,
Permises ici de nouveau.
Par les heures gracieuses.
Car pour nous seuls brille le soleil,
Et l'éclat joyeux du jour,
Nous qui jadis reçûmes la consécration,
Qui fûmes bons envers tout le monde,
Dévoués envers les étrangers,
Comme envers nos concitoyens. »

Le thème de la paix revient comme un leitmotiv dans la description du paradis nordique. Cette paix d'origine initiatique n'est pas une absence de guerre ; en chaque homme, les adeptes ont reconnu la présence divine. Ils consacrent cette fraternité par une communion authentique, entrant ainsi dans le jardin des origines du monde où se célèbre perpétuellement la fête de la Création.

La paix des initiés aux mystères du Nord n'est pas une conséquence de la gentillesse et des compromis hypocrites ; elle est une connaissance et un respect des forces divergentes qui entretiennent le mouvement de l'univers. Celui qui nuit à la paix est l'individu qui s'oppose à la force de vie, qui place l'écran déformant de son « moi » entre la communauté cosmique et la communauté humaine.

La paix communautaire s'exprime par des fêtes, des musiques et des banquets. « C'est la coutume, proclame un chef viking, pendant les fêtes où sont réunis d'éminents personnages, que des promesses solennelles soient formées, propres à ennoblir leur auteur et à servir l'intérêt commun ». Voilà défini d'une manière admirable le sens profond de la fête ; lorsque des adeptes sont réunis, le postulant à l'initiation peut offrir le serment fondamental : donner sa vie à une communauté qui créera en lui la véritable noblesse. La fête est la joie qui naît de cet engagement.

Les adeptes célèbrent leur communion, ce que l'on nomme souvent la « présence divine », par des danses, des chants, des airs de flûte ou de cithare. Perpétuant l'héritage de la Tradition quelles que soient les circonstances, ils sont des Témoins par excellence, des savants qui entretiennent avec soin un potentiel énergétique. Leur goût pour la musique n'est autre que la connaissance de l'harmonie des sphères.

La cithare et la flûte sont d'ailleurs deux instruments qui servirent souvent à exprimer l'harmonie divine. La cithare fut parfois considérée comme un symbole de l'univers et, vers 460, Ignace d'Antioche parlait encore d'une cithare douée de parole et de raison qui chantait la reconnaissance du cosmos créé par Dieu. Quant à la flûte, elle fut utilisée par toutes les musiques sacrées de l'Antiquité, étant en rapport avec la Force créatrice. On s'en servait dans la plupart des rituels et notamment dans les cérémonies où l'initié passait de la mort à la résurrection. « Savoir jouer de la flûte, dit Plutarque dans ses *Propos de Table*, d'une manière qui plaise aux dieux procède des dieux. » Le véritable joueur de flûte est un être inspiré qui reçoit son talent du ciel et non d'une technique humaine.

A la musique, aux chants et aux danses, les adeptes ajoutent la célébration de joyeux banquets où, la tête ceinte de lauriers, ils unissent matière et esprit afin que tous les éléments de la création connaissent à nouveau l'ivresse du premier matin.

Le centre du banquet est la boisson d'immortalité

dont les noms varièrent avec les époques. De l'arbre planté au centre de la table communautaire coule un liquide doré, projection sur terre de la boisson consommée par les dieux ; elle est « ce qui éveille l'âme », elle fertilise le sens spirituel de l'initié qui, sans le banquet, demeurerait mental.

Un énigmatique texte letton nous parle de la vocation de cet « hydromel » sacré :

« Qu'est devenu la rosée ?
Elle s'est écoulée dans la mer.
Les chevaux de Dieu l'ont bue.
Où sont partis les chevaux de Dieu ?
Les fils de Dieu s'en sont allés
Marier la fille du Soleil. »

Chevaux de Dieu, fils de Dieu, chevaux du Soleil sont autant de synonymes d'initiés. Lorsqu'ils boivent la rosée, le nectar céleste que les alchimistes recréent pour le banquet des adeptes, ils deviennent capables d'entreprendre le grand voyage vers la Fille du Soleil, l'intuition lumineuse des causes, dont ils doivent devenir les époux.

Ignorant la guerre et la maladie qui affectent les profanes, les initiés aux mystères du Nord atteignent de grands âges, jusqu'à mille ans. « La discorde, dit Pline en évoquant le paradis nordique, y est ignorée, ainsi que toute maladie. On n'y meurt que par satiété de la vie : après un repas, après des jouissances données aux dernières heures de la vieillesse, on saute dans la mer du haut d'un certain rocher ; c'est, pour eux, le genre de sépulture le plus heureux. » Les vieux adeptes, estimant qu'il est temps de franchir une nouvelle étape, couronnent leur tête de fleurs et, sans la moindre crainte, se jettent dans les flots qui protègent leur terre bienheureuse du monde extérieur.

Ce rite fort curieux pourrait nous induire en erreur si nous nous arrêtions à sa description. Etait-il nécessaire d'entreprendre un si long voyage vers le Paradis nordique pour entrevoir une pareille conclusion, un suicide qui succède à tant de joies ? En réalité, le saut dans la mer des adeptes n'est pas un suicide mais un acte sacré. Son analogue est le célèbre « Saut de Leucade » auxquels les Pythagoriciens, héritiers des Sages du Nord, attachèrent tant d'importance. A Leucade où, comme dans le Paradis nordique, le principe solaire était vénéré, on précipitait rituellement dans la mer un être humain. Si ses fautes étaient trop lourdes, il périssait ; en revanche, s'il était capable de se délivrer de ses souillures, il échappait à la mort et entrait dans un monde nouveau. Au corps de celui qui affrontait l'épreuve, les prêtres d'Apollon attachaient des plumes d'oiseaux afin de lui faire prendre conscience de sa nature céleste ; en sautant dans la mer à partir de la pierre blanche de Leucade, le plongeur était invité à retrouver sa « blancheur » initiale, sa pureté originelle.

Le saut rituel, lorsqu'il est « réussi » par le postulant, marque la libération de ses passions. Rejoindre le feu solaire, c'est aussi plonger dans les eaux ; les tourbillons qui protégeaient le paradis nordique séparaient le pur de l'impur.

Une autre tradition nous apprend que les adeptes renaissaient sous formes d'oiseaux en plongeant neuf fois dans le lac Triton. Nous retrouvons le thème de l'eau purificatrice auquel s'ajoute la symbolique du Nombre Neuf, signe de la réintégration de l'initié dans le Principe. L'oiseau de la résurrection, dont l'origine est égyptienne, met en lumière le pouvoir ascensionnel de l'âme, sa faculté d'atteindre la Connaissance des causes.

On ne s'étonnera pas, dans ces conditions, que les initiés aux mystères du Nord possèdent les secrets de la magie, se déplacent dans les airs à leur gré et découvrent n'importe quel trésor. La magie hyperboréenne n'est pas une basse sorcellerie mais une mise à l'épreuve permanente ; se déplacer dans les airs revient à ne jamais s'enfermer dans une fixité ou dans un dogme, à laisser l'esprit s'aventurer sur les chemins de la sagesse. Autant de pas accomplis vers la plénitude, autant de trésors découverts.

L'esprit de l'initié suit le sentier des dieux, la voie de nature solaire, qui le conduit dans l'île où règne la lumière des rois, des nobles et des héros. Quand le roi s'accomplit en l'homme, les moissons sont bonnes, les troupeaux sains, les campagnes fécondes. Les initiés aux mystères nordiques estimaient que leur tâche était essentielle ; grâce à leur communion, les forces magiques continuaient à vivifier le monde. Les moines chrétiens construiront leurs communautés sur les mêmes bases.

Jusqu'au XIVe siècle, la chrétienté attestera l'existence d'un pays où la « Justice originelle » est souveraine, d'une île paradisiaque où l'homme n'est pas en conflit avec le monde. Là, un adepte obtient une conscience claire de l'univers qui l'entoure, il se « reconstitue » à la source de toutes choses.

Puis viendra la tyrannie de la raison raisonnante, la grande dévoreuse des mythes et des symboles ; les éléments de civilisation seront balayés, les lumières destructrices du XVIIIe siècle feront oublier le rayonnement du paradis nordique. Les adeptes ne demandaient-ils pas de passer par le mystère pour atteindre la paix intérieure ? Raison et progrès, les deux plus grands menteurs de l'histoire, enfermèrent à double tour cette notion de mystère en promettant la mort à qui tenterait d'ouvrir la porte.

Au VIIe siècle avant notre ère, le grec Solon écrivait ces phrases :

« De la Sagesse on ne peut pas connaître
Où est la borne invisible à nos yeux ;
A elle seule, elle englobe tout l'être. »

Les Sages du Nord savaient où se dressait cette borne ; ils savaient aussi comment orienter l'esprit des postulants vers la Sagesse et comment l'être entier pouvait se laisser « englober » par elle.

En guise de conclusion...
UNE AUTRE LUMIÈRE
LA CONFRÉRIE DES SAGES DU NORD AUJOURD'HUI

Nous voici parvenus au terme de notre voyage, sinon à celui de l'immense périple intérieur et extérieur que la Communauté des Sages du Nord exige de ses futurs membres. Malgré le surprenant développement des moyens de transport, notre civilisation est, en effet, l'une de celles où l'homme se déplace fort peu entre son point de départ profane et son point d'« arrivée » initiatique. L'agitation masque le mouvement réel, les saccades obscurcissent le rythme d'un voyage où l'adepte vit ce qu'il découvre, pas à pas.

C'est le but essentiel de la confrérie aujourd'hui : entretenir le sens de la Quête initiatique chez les êtres qui ne se satisfont pas du conformisme et de l'avidité qui, tels deux chevaux fous, mènent la civilisation moderne vers sa désintégration et, peut-être, vers sa transmutation. Lorsqu'un adepte rencontre un profane, son premier soin est d'écouter, voire d'agréer les inepties les plus flagrantes ; cette simple attitude déclenche, dans un certain nombre de cas, un signal d'alarme chez celui qui s'exprime. Quel est celui qui m'écoute, s'interroge-t-il, pourquoi m'écoute-t-il ? Sans entrer dans les détails, on constate que l'entretien, s'il gagne la profondeur de l'être, s'ouvre sur une prise de conscience de son statisme.

Alors s'ouvre la petite porte du Nord. Une porte basse, un univers sombre, un voyage sans agréments. La proposition n'est guère alléchante. Pourtant, chez les futurs adeptes, une voix murmure obstinément que cette voie est passionnante, que ces efforts ne seront pas inutiles.

De nombreux entretiens, soit d'homme à homme, soit de communauté à individu, instruiront le postulant sur les connaissances ésotériques qui nourrissent les Sages du Nord. Nous croyons avoir donné, tout au long de ce livre, beaucoup d'éléments qui permettent de comprendre l'essentiel de cette transmission orale.

Viendront ensuite les rites d'initiation, l'abandon du « vieil homme » qui s'accroche désespérément à sa médiocrité, la création de la transparence intérieure et l'intégration à la confrérie. Là encore, nous avons, dans notre ouvrage, évoqué ces diverses étapes en décrivant d'anciennes cérémonies qui, sous des formes légèrement différentes, sont restées identiques dans l'esprit.

On le voit, nous n'avons presque rien dissimulé des pratiques rituelles chères à la confrérie. Le temps de la transmission est venu ; les initiés que nous avons rencontrés exigèrent que les allusions à leurs secrets deviennent de plus en plus claires.

La confrérie compta-t-elle dans ses rangs de grandes figures ? Il est facile de répondre par l'affirmative, mais il est moins commode de citer des noms d'initiés « célèbres » car, par définition, l'initié ne cherche pas à briller dans un monde chaotique. Les membres de la confrérie des Sages du Nord ont toujours respecté cette règle d'or et, si plusieurs d'entre eux connurent la notoriété, ce fut le fait de circonstances et non de leur désir de gloriole.

Trois noms suffiront pour mieux faire percevoir l'esprit de la confrérie : Paracelse, Meyrink et Hesse. Tous trois furent initiés, tous trois virent leur existence et leur pensée profondément modifiées à partir de leur admission dans la confrérie. Tous trois consacrèrent leur œuvre à la transmission de l'enseignement initiatique qu'ils avaient reçu.

Paracelse était guérisseur et thaumaturge, prolongeant l'action des initiés de l'Antiquité qui purifiaient états, cités et individus ; pratiquement incomprise d'une époque où le rationalisme débutait son règne de despote, l'œuvre de Paracelse est encore très peu connue. A partir d'un système cosmique où les forces de l'univers révèlent leur harmonie, il met en lumière une médecine de l'esprit et du corps où astrologie, magie et alchimie sont des composantes majeures.

L'essentiel de la médecine initiatique créée par les Sages du Nord est développée, dans certains domaines, par le Frère Paracelse, se retrouve dans la thérapeutique homéopathique. Cette dernière est l'une des plus magnifiques survivances de l'ancienne sagesse et connaît actuellement un grand dynamisme dans plusieurs pays d'Europe. La médecine rationaliste y est vaguement hostile, puisqu'elle fonctionne selon la loi dualiste des causes et des effets et non selon celle des principes vitaux qui régissent les modifications énergétiques dans l'univers et dans l'homme.

Gustav Meyrink, écrivain d'origine autrichienne, sut transmettre d'une manière admirable la magie des rites auxquels il avait participé. Utilisant le cadre du roman, il atteignit sans doute la plus parfaite expression de son art dans *le Visage vert* qui traite de la réunification de l'être dispersé dans le monde manifesté. Meyrink s'attache fort peu au déroulement linéaire du récit ; brisant les cadres de l'espace et du temps profanes, il délivre le lecteur du carcan habituel de faits médiocres et de gestes ratés où notre conscience se rapetisse. Lire Meyrink, c'est pénétrer dans le mystère qui environne le temple des Sages du Nord et s'emplir des vibrations de la Connaissance.

Avec Herman Hesse, nous rencontrons le prototype de l'homme célèbre, prix Nobel de littérature, best-seller aux Etats-Unis, « sujet » de thèses universitaires. Or, la vie de Hesse se situe aux antipodes de cette gloire. Sa recherche véritable s'orienta vers d'autres directions. Deux de ses œuvres, *le Voyage en Orient* et *le Jeu des perles de verre* sont de très exactes et de très précises transcriptions des rites et de l'enseignement initiatique de la confrérie des Sages du Nord. Il l'avoue d'ailleurs de la manière la plus directe. Le plus étrange est qu'aucun de ses exégètes, à notre connaissance, ne s'en est encore aperçu.

Une liste de noms n'ajouterait rien d'important à notre propos. Souhaitons que ces témoignages ne restent pas lettre morte et que notre existence soit nourrie par une autre lumière, celle de la vie venue du Nord.

BIBLIOGRAPHIE SOMMAIRE

Le long voyage vers le paradis nordique s'est accompagné de nombreuses lectures ; les auteurs anciens nous ont procuré des informations, notamment Callimaque, Hérodote, Pausanias, Plutarque, Strabon, Apollonius de Rhodes, Lucien et d'autres encore...
Nous nous contenterons d'indiquer quelques ouvrages où les éléments épars de la tradition initiatique du Nord sont plus particulièrement sensibles.

Dans un ordre général, citons :

F. BAR, *les Routes de l'autre monde. Descentes aux enfers et voyages dans l'au-delà* (P.U.F., 1946).

R. CHRISTINGER, *le Voyage dans l'imaginaire* (Mont-Blanc, 1971).

Dans le domaine gréco-latin :

M. DELCOURT, *l'Oracle de Delphes* (Payot, 1955).

DODDS, *les Grecs et l'irrationnel* (Aubier, 1965).

GUTHRIE, *les Grecs et leurs Dieux* (Payot, 1956).

C. PICARD, *Ephèse et Claros* (Boccard, 1922) ; *les Origines du polythéisme hellénique* (Laurens, 1930) ; « la Route des processions hyperboréennes » *in Revue d'histoire des religions* 132, 1946, pp. 98-109 ; *les Religions préhelléniques, Crète et Mycènes* (P.U.F., 1948).

J. DUCHEMIN, *Pindare, poète et prophète* (Belles-Lettres, 1955).

P. GRIMAL, *Dictionnaire de la mythologie grecque et romaine* (P.U.F., 1963).

J. CARCOPINO, *la Basilique pythagoricienne de la porte majeure* (Artisan du livre, 1926) ; *De Pythagore aux apôtres* (Flammarion, 1956).

DELATTE, *Etudes sur la littérature pythagoricienne* (Paris, 1915).

I. LÉVY, *la Légende de Pythagore de Grèce en Palestine* (Paris, 1927).

Dans le domaine celtique :

M.-L. SJOESTEDT, *Dieux et héros des Celtes* (P.U.F., 1940) ;
l'Autre Monde au Moyen Age : la navigation de saint Brendan, le Purgatoire de saint Patrick, la vision d'Albéric (traduction Jean Marchand, De Boccard, 1940).

DEROLEZ, *les Dieux et la Religion des Germains* (Payot, 1962).

D'ARBOIS de JUBAINVILLE, *le Cycle mythologique irlandais et la mythologie celtique*, 1884.

H. Hubert, *les Celtes* (Paris, 1932).

L. Lengyel, *le Secret des Celtes* (Robert Morel, 1969).

J. de Vries, *la Religion des Celtes* (Payot, 1963).

J. Markale, *les Celtes et la Civilisation celtique, mythe et histoire* (Payot, 1969).

Dans le domaine plus spécifiquement nordique :

G. Dumézil, *les Dieux des Germains. Essai sur la formation de la religion scandinave* (P.U.F., 1959).

J. de Vries, *Altgermanische Religionsgeschichte* I-II (Berlin 1956-1957).

G. Turville-Petre, *Myth and Religion of the North* (Londres, 1964).

Renauld-Krantz, *Anthologie de la poésie nordique ancienne* (Gallimard, 1964).

Musset, *Introduction à la runologie* (Aubier, réimpression 1975) ; *les Religions de l'Europe du Nord, Eddas-sagas-hymnes chamaniques* (Fayard-Denoël, 1974).

E. Lonnrot, *le Kalevala, épopée populaire finnoise* (traduction Perret, Stock, 1931).

Achevé d'imprimer le 4 mars 1980 sur les presses
de l'imprimerie Carlo Descamps à Condé-sur-l'Escaut (Nord)
Imprimé en France
N° d'éditeur : CNE, section Commerce et Industrie,
Monaco : 19023
Dépôt légal : 2ᵉ trimestre 1980
N° d'imprimeur : 2008